마흔,
아버지의
마음이 되는
시간

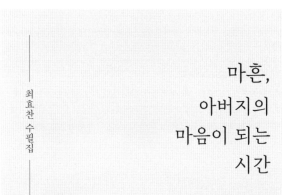

마흔,
아버지의
마음이 되는
시간

최효찬 수필집

연암서가

최효찬

합천에서 태어나 진주동명고등학교와 연세대학교 정치외교학과를 거쳐 동 대학원에서 비교문학 박사학위를 취득했다.

신문기자로 인생 1막(16년)을 보내고 마흔두 살부터 자녀교육, 인문학, 비교문학 분야의 글을 쓰며 인생 2막(16년)을 살았다. 주요 저서로 첫 책인『테러리즘과 미디어』를 비롯해『5백년 명문가의 자녀교육』,『세계 명문가의 독서교육』(2010년 문화체육관광부 우수도서),『일상의 공간과 미디어』(2008년 대한민국학술원 우수도서),『서울대 권장도서로 인문고전 100선 읽기 1·2·3』,『보드리야르 읽기』(2020년 한국연구재단 우수연구성과 50선) 등이 있다.

2015년『한국수필』12월호 신인상으로 등단하였고, 2022년『한국수필』에 '특별기획 집'을 연재하며 인생 3막을 시작하였다. 2024년 아르코 문학창작기금을 받았으며, 한국수필가협회, 한국문인협회, 국제PEN한국본부 회원으로 활동하고 있다.

마흔,
아버지의 마음이 되는 시간

2024년 8월 10일 초판 1쇄 인쇄
2024년 8월 15일 초판 1쇄 발행

지은이 ┃ 최효찬
펴낸이 ┃ 권오상
펴낸곳 ┃ 연암서가

등 록 ┃ 2007년 10월 8일(제396-2007-00107호)
주 소 ┃ 경기도 고양시 일산서구 호수로 896, 402-1101
전 화 ┃ 031-907-3010
팩 스 ┃ 031-912-3012
이메일 ┃ yeonamseoga@naver.com
ISBN 979-11-6087-123-4 03810

값 15,000원

이 도서는 2024년도 한국문화예술위원회 아르코문학창작기금(문학창작산실) 발간지원사업에 선정되어 발간되었습니다.

"밖에서는 눈발이 사납게 소용돌이치고 있는 동안 오두막집 난롯가에 앉아 몇 번인가 즐거운 겨울밤을 보냈다."

— 헨리 데이비드 소로의 『월든』에서

"이 밤 홀로 사막에 누워 앙투안의 마음은 집으로 돌아가고 있습니다."

— 앙투안 드 생텍쥐페리의 『내 어머니에게 보내는 편지』에서

머리말

　인간은 궁궐을 짓고 그곳의 화려함 속에서 살아보고 싶은 꿈을 꾼다. '대궐 같은 집'은 누구나가 욕망하는 집이다. 하지만 정작 궁궐에서 살다 보면 이내 외딴곳에서 작은 오두막집을 짓고 소박하게 살기를 희구하게 된다고 한다. 헨리 데이비드 소로가 콩코드 호숫가 월든 숲속에 지은 작은 오두막집에서 새어 나오는 한 점 불빛이 궁궐을 환히 밝히는 불빛보다 더 근원적인 안식과 위안을 주는 빛이라는 의미일 것이다.

　현대인들은 너나없이 집에서 너무 멀리 떠나 있다. 이제 집으로 가는 순례의 길에 오르는 것은 어떨까. 집은 더 이상

정주의 공간이 아니다. 유목의 공간이 되어 버린 현실에서 '집을 떠나는' 여행이 아니라 어쩌면 '집으로 떠나는' 여행, '집으로 돌아가는' 여행이 우리 모두에게 필요하다는 생각을 해본다. 누구나 집에 대한 의미를 가슴에 한두 개쯤 안고 살아간다. 이 때문에 저마다 가슴에 담고 있는 의미를 찾아서 집을 향해 떠나는 순례의 여행이 필요한 시대가 아닐까 싶다.

집의 순례길에서는 대부분 어린 시절 함께 살았던 부모님을 만날 것이다. 집에 대한 순례가 의미 있는 것은 다름 아닌 그 길에서 만나는 기억들이 아닐까. 기억들이 불러내는 지난 일들은 모두가 그리운 법이다. 비록 생채기가 마음 깊숙이 날 정도로 힘겨운 기억일지라도 말이다. 당시에는 이해하지 못했던 일들도 기억이 불러내면 절로 고개를 끄덕이며 마음으로 품어 안게 된다. 김영주 시인은 「아버지 보러 가는 길」에서 이렇게 노래한다.

> 투명실처럼 이어진
> 아버지와 나의 간격
> 그 사이 놓인 실타래에서

긴 실 돌돌 말아 올리며 따라가듯

그리운 아버지를 보러 가는 길

　시인의 노래처럼 아버지와 자식은 보이지 않는 간격이
있지만, 그 간격은 투명실처럼 언제나 끈끈하게 이어져 있
다. 그 간격이 때로 자녀를 힘들게 하기도 한다. 자식의 처
지에서는 그때의 아버지를 헤아리지 못한다. 그 간격은 때
로 아버지도 힘들었을 터인데도 말이다. 세월이 흐른 뒤, 집
으로 돌아가는 길 위에서 만나면 그 간격은 눈처럼 녹아내
린다. 눈 속에 한점 눈물이 또르르 떨어진다.

　어머니가 곡기를 끊은 것 같다고 요양병원 3층 간호사가
급히 전했다. 진달래 개나리가 활짝 핀 봄날에 뵈었을 때 어
머니는 유난히도 내 손을 꼭 잡고 오랫동안 계셨다. 손이 따
스했다. 어머니는 얇게 썬 사과 한 조각을 내 입에 넣어주었
다. 면회를 마치고 돌아서서 나오는데 손을 흔드는 모습이
애처로워 다시 들어가 손을 꼭 잡아드렸다. 의사전달을 하
지 못하고, 또 누군지도 인지하지 못하는 상태에서 당신이
낳은 혈육을 본능적으로 아셨던 걸까. 그 따스한 손 잡음은

'사랑한다'라고 말을 대신하는 것 같았다. 어머니는 자식들과 살았던 시절과 옛집의 기억을 한 점이라도 불러낼 수 있으실까.

그런데 10여 일 사이에 어머니는 겨우 한입 두입 드시던 곡기마저 끊고 떠날 준비를 하신 것 같다. 어머니는 곡기를 끊으신 지 닷새 만에 85년 인연 툭 놓으시고 봄바람 따라 불국토로 떠나셨다.

> 철쭉 산천 피어날 제 홀연히 가신 어머니
> 꽃피는 시절 떠나고 싶다, 유언처럼 하시던 말씀
> 기어이 실행하고 떠나셨네
> 지난겨울 그 사윈 몸으로도 폐렴 이겨내시더니
> 마지막 사투 벌이다 눈가에 번져 있던 눈물 한 점
> 12년 모진 고통 다해서일까
> 천사 같은 얼굴 고요히 잠드셨네
> 이제 어머니 없는 세상, 아침은 밝아오는데

언젠가 집으로 돌아가는 길 위에서 진달래 개나리 피고 따스한 봄바람이 불면, 어머니의 그 따스했던 손이 기억나고 또 그러면 하염없이 먼 하늘을 쳐다볼 것이다. 그리운, 아버지 어머니 보러 가는 길에는 소쩍새가 울어줄까…….

　얼마 전 아들이 독립했다. 떠나가는 아들을 보며 이제 다시는 함께 살기 힘들 것 같다고 생각했다. 아내도 그랬다. 아들은 몇 년 전에 한 번 독립했다가 호주로 워킹홀리데이를 갔다. 아들은 호주에 정착할 뻔했다. 때마침 운 좋게도 취직해서 다시 본가로 돌아왔다. 아들은 여의도에 있는 회사로 출퇴근길이 멀다며 인근지역에 오피스텔을 구했다. 중소기업취업청년 전월세보증금 대출을 받아 혼자의 힘으로 독립했다. 부처는 자신을 여벌유자(如筏喩者)에 비유했다. 부처 자신은 진리(설법)를 나르는 뗏목과 같다는 것이다. 진리를 깨우치면 타고 온 뗏목을 버려야 한다. 부모는 자식에게 어쩌면 뗏목과 같은 존재가 아닐지 싶다. 부모라는 뗏목을 타고 더 넓은 세상으로 나아가면 이제 부모의 역할은 끝나는 셈이다. 독립한 아들이 이제는 부모라는 뗏목에 의지하지 않고 당당하게 홀로서기를 바랄 뿐이다.

　나는 술로 인해 인생을 낭패 보신 아버지를 반면교사 삼아 아들이 어릴 때부터 밥상머리에서 술을 한잔도 마시지 않았다. 혹시 아들이 아버지의 술 마시는 모습을 기억해 나중에 커서 역시 아버지처럼 밥상에서 술을 마실까 싶어, 할아버지처럼 인생에서 혹여 술로 낭패당하지 않을까 싶어 결코 그런 모습을 보이지 않았다. 아들은 군대를 다녀오고 아버지의 소망에 따라 함께 도보여행을 이틀간 했다. 도보를 마치고 삼겹살집에서 저녁을 먹었는데 대뜸, "아빠, 소주 한 병 시켜도 될까요?" 이러는 게 아닌가. 나는 도보여행을 함께 해주어 고맙기도 했기에 엉겁결에, "그래"라고 말했다. 그런데 이후부터 아들은 밥상머리에서 소주 한 병을 마시는 게 예사였다. 한 번 승낙을 한 마당에 제지할 수도 없었다. 명색이 자녀 교육서를 쓰면서까지 자식 교육에 본보기를 보여주었는데, 그만 말짱 도루묵이 된 셈이다.

독립하기 며칠 전 나는 아들에게 "네가 어릴 때부터 아빠가 밥상에서 반주를 안 한 그 뜻을 잘 새겨 술을 절제하며 살아라"라고 당부했다. 그동안 함께 뗏목을 타면서 들었던 아버지의 쓴소리가 아들의 인생살이에서 때로 브레이크와 같은 역할을 해주기를, 아버지는 마지막 뗏목을 보내면서 마음속으로 바랐다.

"그리하여 글의 첫 마디를 읽자마자, 시를 펴들자마자 곧, '방을 읽는 독자'는 독서를 멈추고 어느 옛 거소를 생각하기 시작하게 되는 것이다." 가스통 바슐라르가 쓴 『공간의 시학』에 나오는 이 글처럼 이 책 또한 독자들이 다 읽기도 전에 집에 대한 기억을 떠올리며 눈시울이 뜨거워진다면, 그리고 마음속에 간직해 온 나만의 방문을 열 수 있다면 저자로서 영광일 것이다. 어쩌면, 우리는 모두 집으로 돌아가고 있는 길 위에 있다. 이 책은 집으로 돌아가는 그 길 위의 한 줄기 햇살 혹은 향기로운 바람이고 싶다.

이 수필집은 2021년 늦가을날 한국수필가협회 최원현 이사장이 『한국수필』에 특별기획으로 집에 대해 인문학적인 사유가 들어가는 글을 써달라는 제안이 계기가 되었다. 이에 『한국수필』에 2022년 3월호부터 12월호까지 '특별기획 집'을 10회에 걸쳐 사진과 함께 연재했다.(제2부) 여기에 2015년 12월호에 『한국수필』 신인상 작품을 비롯해 그동안 발표한 수필 19편과 미발표 2편 등 모두 31편을 담아 첫 수필집을 펴내게 되었다. 연재 당시 용기와 응원을 주신 최원현 이사장님과 김선화 편집장님께 다시 한 번 감사드린다.

끝으로, '글욕심' 많은 남편을 내조하다 '아줌마 손'이 되어버린 아내와 언제나 아빠의 의견을 묵묵히 따라준 아들에게 '사랑한다'라는 말을 전하면서 나를 둘러싼 가족공동체와 그리운 가족을 만나러 (옛)집으로 돌아가는 모든 이들에게 이 수필집을 헌정하고 싶다.

2024년 여름

북한산 자락 후연재(厚淵齋)에서

차례

머리말 • 6

제1부

아 버 지 의
방

어머니의 시간	18
트렌치코트를 입으며	24
밤꽃 내음이 전해준 옛 기억들	30
'식은 도시락'	36
'시간의 점'이라는 묘약	41
인생의 오묘함에 대하여	46
남자는 '섬'이 되어 살아간다?	52
마흔, 아버지의 마음이 되는 시간	58
아버지의 방	64
(친)할머니	70
한 평, 그 사소함의 차이	76
나훈아 콘서트	82
집으로 가는 길	88

제2부

우리 모두는
집으로 돌아가는
중이다

우리 모두는 '본가'로 돌아가는 중이다   94

오래된 민가의 향기   102

외가 가는 길, 유년의 뜰을 서성이며   111

처가에 살으리랏다   120

선비들의 '서재의 시간'   129

'율리(栗里)'의 집을 찾아서   137

옛 건축학개론   145

잃어버린 안방 혹은 사랑방의 안부   154

우리는 모두 '몽상의 집'에 살고 있다   162

집은 떠남과 돌아옴의 간이역이다   171

제3부

사랑, 야누스

'딸바보' 고리오   182

사랑의 두 얼굴   187

'저 너머'에는   193

우리는 모두 이형식이다   198

집 떠난 남자의 사랑과 불안   203

스크루지의 아름다운 변신   208

'색동'을 기다리며   213

마음속의 해와 달   218

해설: 내면의 풍경으로 보여주는 토포필리아의 수필들 _최원현 • 223

제1부

아버지의 방

어머니의 시간

요즘은 한 달 혹은 달포마다 고향을 찾는다. 10여 년 전 고향에 갈 때마다 낯설게 느껴지는 게 싫어서 우여곡절 끝에 땅을 구입했다. 2012년 추석을 앞두고 성묘하던 날, 대구 큰댁에 사시는 어머니가 '펭귄 걸음'을 걸으시더니 추석을 막 지내고 척추를 크게 다쳐 병원에 입원하셨다. 그게 어머니의 모진 시간의 시작이었다. 어머니는 한 달 후에 퇴원을 했는데, 더 이상 걷지 못하시고 다시 입원을 했다. 그날 이후 어머니는 다시는 걷지 못한 신세가 되셨다. 벌써 12년째가 된다.

어머니는 그동안 대구의 요양병원에 계시다 천안의 요양

원, 서울 은평한옥마을의 요양원을 거쳐 결국 고향 인근인 거창의 요양병원으로 옮겼다.

지난달 고향에서 묘사를 지내고 어머니를 찾았다. 폐렴에 걸려 긴장했는데 다행히도 이겨내셨다. 더욱 수척해지신 어머니는 자식이 왔는데도 이젠 아예 얼굴조차 돌리지 않고 표정 없이 허공을 응시하신다. 그만 병실을 빠져나오려고 하자 간병인의 권유로 겨우 손을 흔드신다. 누가 왔다 가는지도 모른 채 말이다.

문득 조설근의 『홍루몽』의 마지막 장면이 떠오른다. 사촌누이인 임대옥을 사랑하지만 집안의 반대로 원하지 않는 결혼을 하게 된 주인공 가보옥은 과거시험을 보러 갔다가 집에 돌아오지 않고 실종된다. 후일 보옥은 나루터에서 아버지 가정을 만나지만 먼발치에서 엎드려 절을 한다. "아니, 이게 누구냐? 보옥이가 아니냐?" 아버지의 반가운 목소리에도 보옥은 기쁜 듯 슬픈 듯한 표정만 짓는다. 가정은 보옥 일행을 따라 눈 덮인 광활한 벌판을 따라갔지만, 아들은 이내 눈길 속으로 사라진다.

가끔씩 불쑥불쑥 『홍루몽』의 마지막 장면이 생각나곤 한다. 지난달 어머니는 한 달 만에 눈에 띄게 사위어져 있었다. 서울로 올라오는 차 안에서 어머니의 애창곡이었던 〈봄날은 간다〉를 들었다. "연분홍 치마가 봄바람에 휘날리더라…… 꽃이 피면 같이 웃고 꽃이 지면 같이 울던 알뜰한 그 맹세에 봄날은 간다." 한영애가 부른 이 노래를 들으면서 그만 눈물이 주룩 쏟아졌다.

그렇다, 어머니의 봄날은 이제 모두 가버린 것이다. 심지어 어머니는 그 봄날이 갔다는 것조차 인지하지 못하신다. 꽃다운 열여덟에 시집을 와서 오 남매를 낳은 것도 까맣게 모르고 계신다. 그 오 남매가 면회를 와도 누군지도 모른다. 마흔 초반에 과부가 되어 지게를 지며 농사일을 했던 모진 세월도 어머니의 표정 없는 눈가에는 일렁이지 않는다. 마치 힘겨웠던 인생사를 지워버리기라도 한 듯이 말이다. 어머니는 봄바람이 부는 날이면 '연분홍 치마가 봄바람에'를 흥얼거리셨다. 그것은 원만하지 않았던 인생사를 마치 저 봄바람 속으로 흩날려 보내고 싶은 한스러운 푸념처럼 들리기도 했다. 이제 그 봄노래를 흥얼거리던 중년의 어머니는 온데간데없다. 사월 대로 사위어진 어머니를 생각하며 봄노래를 듣자 그만 눈앞이 흐려졌던 것이다. 그 눈물 사이로 몇 년 전 큰형수가 보관하다 보내준 대학 졸업식날 어머니와 찍은 사진이 문득 생각났다. 어머니는 그날 처음 서울 나들이를 하셨는데 심한 몸살로 인해 아들은 졸업식조차 귀찮았다. 사진 속 어머니는 눈을 감고 계신다. 병상의 어머니는 그날을 기억이나 하실는지.

예전에 효행으로 정려(旌閭)를 받은 이들의 이야기는 이즈음의 나를 질타한다. 어머니의 병환이 깊어지면 자식은 정성을 다해 온갖 궂은 수발을 손수 했다. 제대로 잠을 자지도 못했다. 심지어 어떤 이는 아내를 잃은 슬픔 속에서도 노모의 마음을 상하게 할까 봐 내색조차 하지 않았다는 기록도 있다. 효는 실행이 뒷받침되지 않으면 안 되는 덕목이다. 대부분의 사람들은 마음만 있지, 실행으로 이어지지 않는다.

아기가 태어나면 부모는 심지어 똥도 달다고 하면서 온갖 투정을 다 받아준다. 그것도 자그마치 5년이 넘는다. 기억이 시작되는 여섯 살이 될 때까지 지속된다. 성장 과정과 청소년기를 거치는 중에도 부모는 자식으로 인해 웃는 날보다 속울음을 삼키는 날이 압도적으로 더 많다. 그렇게 부모 속을 썩이며 자란 자식 또한 언젠가 부모가 된다. 물론 요즘에는 비혼이 늘어나지만 말이다.

농경사회가 지속되는 동안 유산을 대물림하는 과정에서

자식은 자연스럽게 부모의 노후를 봉양했다. 하지만 산업 사회가 되고 자식이 본가(本家)를 떠나면서 더 이상 부모봉양은 힘들어졌다. 떨어져 사는 시간만큼 어린 자식을 애지중지 키웠던 부모에 대한 감사함도 희미해졌다. 염치없게도 너나없이 그런 신세다. 나는 한 달 혹은 달포 만에 한 번 병문안하는 것으로 염치를 차린 것으로 치부한다.

요양병원에서 생의 마지막 시간을 보내고 있는 어머니가 말하자면 '비삶과 비죽음'의 절망적인 상태이지만 삶의 끈을 놓지 않는 모습은 장차 다름 아닌 우리 모두의 모습이 아닐까. 정도의 차이는 있지만 말이다. '자칫 잘못하면 나처럼 죽음을 맞을 수 있으니 부디 건강관리 잘하면서 살아라…….' 어머니는 어쩌면 자식들에게 사위어져 가는 마지막 시간까지도 이런 속마음으로 자식 걱정을 하고 있을 것이라는 생각마저 든다.

성철스님의 법문에 따르면, 살아있는 동안 인생은 '광명의 시간'이다. 살아있다는 그 자체가 광명이다. 살아있는 이 순간이 유한한 절대시간이기 때문이다. 그래서 지금 이곳이 차안이지만 동시에 피안이라고 한다. 나의 존재가 사라지면 그게 세상의 종말이 아닐까. 비록 속절없이 허공을 바라보며 요양병원에 누워 있는 어머니의 시간조차도 광명의 시간인 것이다. 살아가는 순간순간이 의미 있는 것은 다시는 결코 향유할 수 없는 시간들이기 때문이다. 『홍루몽』의 마지막 말처럼, "원래부터 모두가 꿈인 것을" 알고 있더라도 말이다.

한 달 혹은 달포에 한 번 찾는 어머니의 병문안 시간은 다름 아닌 나를 돌아보고 나를 찾아가는 시간이기도 한 것 같다. 어머니는 지금껏 자식들에게 한 번도 화를 낸 적이 없다. 나는 아들에게 어머니처럼 하지 못했다. 내색하지 않고 다독이는 인내심은 어머니의 초상(肖像)이다. 어머니는 나에게 돌아가는 시간에 어김없이 등장하는 '주인공'이시다. 자식을 알아보지도 못하는 마지막 순간까지 말이다.

트렌치코트를 입으며

기온이 뚝 떨어진 오늘, 옷장 속에서 트렌치코트(일명 바바리코트)를 꺼내 입었다. 지난해 봄에 아웃렛 매장에서 아내와 함께 골랐던 그 코트다. 지난봄에는 날씨가 갑자기 더워지는 바람에 미처 입지 못한 채 지나치고 말았다. 아쉬운 내 맘을 알았던지 아내는 가을에 접어들자 그 코트를 이내 옷장에 걸어두었다. "당신은 키가 커서 긴 코트가 잘 어울려요!" 아내의 이 말을 듣자 기분이 으쓱해진다. 아내의 칭찬은 언제나 꿀처럼 달콤한 위안을 준다.

그동안 쉰두 해를 살아오면서 기억에 남는 옷들은 그리 많지 않은 것 같다. 일상을 늘 함께해온 옷들에게 너무 야박

했다는 생각마저 든다. 그 옷들은 때로 기쁨과 환희, 행복, 영광의 순간을 함께 했지만 때로는 식은땀을 받아내며 불안과 초조, 분노, 좌절, 긴장, 스트레스 등을 온몸으로 겪었을 것이다. 나와 함께 한 운명공동체와 같은 존재라고 할까. 쌀쌀해진 날씨 탓인지, 세월 탓인지, 트렌치코트를 입으며 이런 생각이 불현듯 들었다. 덕분에 기억의 저편에 있던 아련한 지난날의 옷들이 생각났다.

자식을 둔 부모라면 초등학교 입학식 날은 평생 잊을 수 없을 것이다. 아들이 초등학교에 입학하던 당시에는 〈야인시대〉라는 드라마가 인기를 끌었고 주인공이 입던 롱코트가 유행했다. 덩달아 나도 유행에 편승해 롱코트 족에 가세했다. 그 롱코트를 입고 아들 입학식에 갔었다. 입학식 날은 실은 아들보다 아내와 내가 더 설렜던 것 같다.

"여보, 아들이 벌써 초등학생이야! 저기 봐, 줄 맨 끝에 서 있네. 쯧쯧." 또래들 중에서도 유독 키가 커 제일 뒤에 껑충 서 있던 아들의 모습이 지금도 눈에 선하다. 그 아들은 이제 아빠만큼 키가 컸다.

자녀의 입학식이 부모의 통과의례라면 상견례는 부모가 되기 전에 치러야 하는 통과의례라고 할 수 있다. 아내와 결혼 언약을 하고서 장인 장모님을 처음 뵙던 날, 때마침 쌀쌀한 초가을 날씨에 얼마나 긴장했는지 모른다. 그렇지 않아도 고학생으로 자랐다며 장모님이 내심 탐탁지 않아 한다는 말을 아내에게 들었던 터였다. 더욱이 아버지를 일찍 여읜 나는 혼자서 상견례를 치러야 했다. 그날 온몸으로 느껴지던 긴장감과 떨림, 초조와 불안감을 감싸주었던 옷은 카키색 정장이었다. 옷이 잘 어울렸던지 장모님은 지금도 그 카키색 정장을 기억하고 계셨다. 이 옷 덕분인지 상견례를 무사히 치르고 그해 12월 7일 나는 아내와 결혼을 했다. 나는 그 양복이 낡아질 때까지 입었다.

나는 신문기자를 하다 마흔두 살에 저술가로 전업을 했다. 행운의 여신이 도운 덕분인지 출간한 책이 베스트셀러가 되었다. 이내 곳곳에서 강연 요청이 들어왔다. 처음 경험해보는 강연은 늘 긴장의 연속이었다. 강의가 끝나면 희열감을 맛보기도 했지만, 몸은 파김치가 되기 일쑤였다. 그때 즐겨 입던 옷은 감청색 양복이었다. 이 정장은 나와 함께 박수갈채를 가장 많이 받은 옷이라고 할 수 있다. 강연은 언제나 이 정장에 노타이차림으로 했다. 어느새 '노타이 정장'은 강연의 패션 코드가 되었다. 한번은 대학에서 주최하는 학부모 대상 강연에 나갔는데, "노타이 정장이 이렇게 잘 어울리는 분은 보지 못했다"라는 말을 듣기도 했다. 물론 공치사였을 테지만 말이다.

모 기업 연수원에 강연을 갔을 때는 노타이 패션 코드로 인해 낭패를 겪기도 했다. "회사 방침상 노타이로 강연을 하면 안 됩니다!" 이런 말을 강연 시작 전에 담당 직원이 했다. "아, 그러시면 미리 말씀을 해주셔야지요. 저는 타이를 매고 강연한 적이 한 번도 없습니다." 강연 내내 마음이 무거웠고 결국 만족스러운 강의를 할 수 없었다. 내 감청색 정장 또한 불쾌감과 스트레스를 함께 묵묵히 감당해주었다.

대학 시절을 떠올리면 헐렁한 검정색 반코트를 결코 잊을 수 없다. 군 복무를 마치고 복학한 1986년 2학기 가을날, 한 번은 이대 앞 옷가게를 지나다 수많은 옷들 중에서 검정색 반코트가 유독 한눈에 띄었다. 광목에 검은 물을 들인 외투로 헐렁하게 입을 수 있는 반코트였다. 당시 나는 깡마른 체격이었는데 이를 잘 보완해주는 것 같아 매일 입고 다녔다. 그 반코트를 입고 있으면 내 몸뿐만 아니라 늘 칼날처럼 날이 서 있던 내 마음을 겹겹이 감싸주고 위안을 주는 것 같았다.

겨울방학을 앞두고 대학신문에 시를 투고했다. 1987년

신년호에 시와 함께 삽화가 실렸는데 검은 반코트를 입은 한 사내가 걸어가고 있었다. 내밀한 내 삶이 누군가에게 들킨 것 같았다.

오늘 그 빛바랜 신문을 들춰보았다.

"토요일 오후 3시

지독히 외롭다.

옥도정기를 바를까

옥도정기를 바를까."*

이 마지막 문장을 다시 대하고 보니 이 시를 쓸 때의 멜랑콜리한 감상에 다시 사로잡히는 듯하다. 무엇 하나 갖춘 것이 없었던 그 젊은 날이 새삼 그리워진다.

중·고등학교 시절에는 교복 밖에 달리 생각나지 않는다. 수없이 되풀이되는 시험들을 치르며 함께 질풍노도의 시기를 견뎌 준 교복들은 그 어떤 옷들과는 비교되지 않을 중압감 혹은 중량감으로 기억하게 된다. 나는 그 긴 터널을 이미 오래전에 통과했지만, 쉰을 넘긴 지금에도 가끔 교복을 입은 채 끙끙대며 수학 시험 문제를 푸는 꿈을 꾸곤 한다.

초등학교 시절에는 단추가 유독 잘 떨어지고 불티에 구멍이 잘 나던 알록달록한 외투가 기억난다. 그럴 때면 친구들의 때 묻은 옷들이 정겹게 떠오른다.

인간의 일상은 옷과는 떼려야 뗄 수 없다. 하지만 쓸모가 다하면 이내 헌신짝처럼 잊힌 존재가 된다. 나와 희로애락을 함께해 왔지만 미처 작별 인사조차 하지 못했던 옷들에게 오십 줄에 접어든 이제야 뒤늦게나마 조촐한 헌사(獻辭)를 짓고서 옛 기억들을 들춰본다.

문득 떠올려본 지난날의 옷들에는 마치 첫사랑처럼 아련한 기억들이 깃들어 있다. 특히 이십 대 초반에 입었던 반코트는 무명의 디자이너가 만든 옷이었을 테지만 넉넉함으로 내 몸을 감싸주었다. 오늘 꺼내 입은 트렌치코트는 그 반코트만큼 내 만추의 날들을 함께 할 것 같다. 옷이 주는 야릇한 만족감 혹은 해방감이라고 할까. 나는 이 트렌치코트를 입고서 내 중년의 날들을 환송(歡送)하고 싶다. 4분의 3박자의 보폭으로, 청춘의 날들에는 미처 느껴보지 못했을 여백을 즐기면서……. (『한국수필』, 2015년 12월호 신인상 당선작)

---

* 『연세춘추』, 1987년 1월 5일. 캠퍼스에세이 「무정세월」.

밤꽃 내음이 전해준
옛 기억들

때로 우연히 지나치는 하나의 장면이 희미한 옛 기억을 불러오는 매개체가 되기도 한다. 일전에 TV 채널을 돌리다 남해와 고창의 보리밭과 보리타작하는 모습을 볼 수 있었다. 오랫동안 손을 놓고 있던 농부들이 촬영을 위해 재현을 해서인지 서툰 도리깨질로 타작을 하는 듯했다. 너무도 잊고 있었던 정경이었다. 그 장면을 보면서 나도 모르게 눈물을 글썽거렸다.

어린 시절 나는 젊은 아버지와 어머니, 누나와 형들이 하는 보리타작을 거들곤 했다. 아버지가 흥을 돋우며 타작마당을 주도하면 어머니와 우리 형제들이 장단을 맞추면서 타작을 했다. 그 시절이 그렇게 까마득한 옛날이 되어 버렸다. 이제는 그 어느 시골을 가더라도 이런 전경을 마주할 수 없다. 3, 40년의 길지 않은 시간 동안 이 땅에 농경의 역사가 시작된 이래 수천 년 동안 이어져 오던 그 타작마당의 전경이 사라진 것이다. 그리고 우리 모두는 언제 그랬냐는 듯이 까맣게 잊고 살아간다. 우리 시대는 '잃어야 하는 것'이 더 많은 세상이라는 생각마저 든다. 뭐, 예전이 좋았다거나 하는 말은 아니지만…….

인간 내면의 의식 속에서 이미 지나간 과거는 기억으로 남게 된다. 그래서 우리는 과거를 기억으로 알게 된다. 『고백록』을 써 '회개한 성자'로 잘 알려진 아우구스티누스는 이를 일러 '과거적인 현재'라고 불렀다. 과거적 현재는 때로 우리의 삶을 억압하기도 하지만 윤택하게 해주기도 한다. 비가 내리는 날 혹은 까닭 없이 마음이 가라앉는 무덥고 지친 여름날에는 한동안 잊고 지냈던 그 오래된 '과거적 현재'를 만나고 싶어진다. 마치 첫사랑의 기억처럼 말이다.

아들이 초등학교 다닐 적에 아산 외암마을에 가족 나들이를 갔는데 온통 농익은 내음이 진동하고 있었다. 그 내음 속에는 뭔가 과거의 기억들이 묻어 있었는데 딱히 생각나지 않았다. 이게 뭘까, 하고 한참 생각에 잠겨있는데, 그 순간 이제는 기억마저 희미해져 버린 옛 전경을 떠올릴 수 있었다. 그것은 다름 아닌 밤꽃 내음에 실려 온 오래된 기억이었다. 소년 시절 아버지와 함께 보리타작할 때 들녘 저편에서 바람에 실려오던 향기가 다름 아닌 밤꽃 내음이었던 것이다. 그 밤꽃 내음에 실려 아버지와 형제들이 함께 보리를 베고 타작을 하던 그 순간이 오래된 기억에서 불쑥 떠오른 것이다. 외암마을을 둘러보니 여기저기에 밤나무꽃이 만개하고 있었다. 예부터 그 야릇한 내음 때문에 마을 안에는 풍속을 해친다며 밤나무를 안 심었다는데 의외였다.

때로 기억은 꼬리를 물고 이어지곤 한다. 그즈음 우리 집 대문에 여름철 내내 놓여 있던 평상이 떠올랐다. 들에 일하러 오가던 동네 사람이나 길손이 지나가다 잠시 평상에 앉아 쉬어가곤 했다. 유달리 막걸리를 좋아하셨던 아버지는 평상에 앉아 술을 마실 때면 지나가는 동네 사람들에게 한잔하고 가라고 불렀다.

소년은 오후가 되면 소를 앞세우고 쇠꼴을 하러 갔다. 우리 집은 4형제가 초등학교 다닐 때까지 바통을 이어가며 소를 키웠다. 쇠꼴을 하러 나설 때면 바지게를 지고 갔다. 먼저 소가 풀을 뜯고 있는 동안 풀을 베어 바지게에 가득 채웠다. 풀베기를 마치면 소년은 바위에 자리 잡고 숙제를 했다.

소년은 중학교에 진학하면서 네 살 터울의 막내에게 소먹이 일을 물려주었다. 그러고 보니 막내가 가장 많이 소먹이 일을 한 것 같다. 우리 형제들은 중학교를 마치고 진주로 고등학교에 진학하러 떠났기 때문에 막내가 소먹이는 일이나 농사일을 도맡아야 했다. 다른 집에서는 막내가 귀염을 받고 자라는데 우리 집에는 그렇지 못했다. 이제야 어린 동생이 가여웠다는 생각이 든다. 동생은 모스크바에 정착해 살고 있다. 그 동생도 이국땅에서 때론 고향 생각에 얼마나 잠자리를 뒤척일까. 지금은 합천댐 건설로 수몰되어 고향의 모습이 사라졌지만, 기억의 저편에 자리 잡은 추억들은 잊히질 않는다.

"이 과자(마들렌) 맛은 내가 콩브레에서 일요일 오전에 고모에게 아침 인사할 때 고모가 홍차나 보리차에 적셔서 주었던 바로 그 맛이야."

마르셀 프루스트의 『잃어버린 시간을 찾아서: 스완네 집 쪽으로』에서 주인공 마르셀은 잠 못 이루는 밤에 콩브레에서 보낸 유년 시절의 기억을 떠올리려고 애를 쓴다. 그러다 어느 겨울 오후, 어머니가 사람을 시켜 사 오게 한 마들렌(밀가루, 버터, 달걀, 우유를 넣고 레몬 향을 첨가해 구운 프랑스의 티 쿠키) 과자를 홍차에 적셨을 때 순간적으로 과거의 기억들이 생생하게 떠오른다. 마들렌 과자와 홍차는 주인공의 오래된 기억 속의 미각과 후각을 자극해 유년 시절의 기억을 생각나게 한 상징물로 작용한 것이다. 이런 오랜 감각적인 기억들을 하나둘씩 떠올리며 마르셀은 잊었다고 생각했던 자신의 유년 시절로 되돌아간다. 교회탑, 좁은 골목길, 작은 집들, 선량한 마을 사람들을 비롯해 콩브레에 대한 이런저런 기억들을 생생하게 떠올릴 수 있었다. "아침부터 저녁때까지 마을 모습이 떠올랐다. 마을 광장이며 심부름하러 가던 거리며, 오솔길들……. 이 모든 것이 형태와 견고함을 갖추며 내 찻잔에서 솟아 나왔다."

이렇게 어떤 계기로 인해 끄집어낸 우리의 무의식을 지그문트 프로이트는 '전의식'이라고 했다. 말하자면 억압당하고 있는 심층의 기억들이 깃들어 있다 나타나는 '추억의 집'이 전의식에 존재한다는 말이다. 프루스트는 이런 의식을 따라가며 소설을 써 내려간다.

봄날이면 집 인근 아버지가 일군 복숭아밭에서는 연분홍

꽃들로 과수원 일대가 환해졌다. 지금도 봄날이면 만개한 복숭아밭의 꽃동산이 아른거리곤 한다. 복숭아꽃은 고향집과 부모님을 생각나게 하는 매개의 꽃인 셈이다.

　살아가다 보면 누군가의 발부리에 채여 넘어지는가 하면 지치고 절망할 때도 있을 것이다. 찻잔 속에서 기억이 솟아난 마르셀처럼 이때 기억의 저편에서 불러낼 수 있는 '즐거운'(비록 그 당시에는 즐겁지 않은 기억들도 이제는 즐거운) 추억들이 있다면 그 기억들로 인해 다시 살아갈 힘과 용기를 얻을 수 있을 것이다. 마들렌과 홍차 혹은 밤꽃 내음과 같은 이런 기억의 상징물이 '매개'가 되어 그 오래된 기억들을 불러내는 시간을 가져볼 수 있는 것 또한 우리 인간만이 가지는 특권이 아닐까. 혹은, 인간이 인간다울 수 있는 것은 이런 기억들의 향유 때문이 아닐까. 그래서인지 봄날처럼 짧디짧은 유년 시절 추억의 집은 아름답다 느끼지 않았던 기억조차도 지금은 아름답다 느끼게 하는 마력을 지니고 있는 것 같다.(『한국수필』, 2016년 8월호)

'식은 도시락'

노래를 듣는다. 김영동의 〈사랑가〉다. 운율에 따라 흠칫 흠칫 온몸에 소름이 돋는다. 홀연 80년대로 나를 데려다준 다. 가진 것 없지만 오직 씩씩했던 푸른 날들이었다. 아, 그 시절이 벌써 40년 가까이 흘러가고 있구나.

1982년 2월 말부터 시작된 서울 생활은 그야말로 조각배 신세였다. 1년 동안 이곳저곳 표류하다 신학기 개학을 앞두 고 자취방을 구하러 갔다. 학교 앞 신촌에서 김포행 130번 시내버스를 탔다. 김포로 가는 길목 마을에서 문간방을 구 했다. 서둘러 구한 탓에 짐을 옮기고 보니 난방이 안 되는 방이었다. 다시 두어 정거장 아랫동네로 와 사글세 5만 원에 방을 구했다. 서울의 마지막 동네 개화동*이었다. 김포공항의 불빛이 청년의 마음을 들뜨게 했다. 이륙하는 저 비행기를 타고 먼 곳으로 더 넓은 세상으로 달려가고 싶었다. 방은 2층 다락방이었다. 김포공항의 고도 제한으로 2층을 짓지 못하고 불구가 된 방에 앉으면 머리가 천장에 닿았다. 앉았다 일어날 때마다 형광등에 머리를 부딪치곤 했다. 방 옆에 부엌으로 쓸 수 있는 공간이 있었는데, 그곳에서 한두 번 된장국에 밥을 해 먹었다. 곰팡내 나던 그 방에서 술에 취한 채 한 학기를 보냈다. 가을에 휴학하고 징병검사를 받았는데 폐결핵이었다. "삶은 예기치 않는 일로 가득한 것"이라는 미하일 바흐친의 말처럼, 청춘은 갑자기 가여워졌고 약해졌다. 공항의 불빛에 매혹하게 했던 다락방은 그렇게 청춘을 한 방 먹이고 잠시 비틀거리게 했다. 재검을 받고 투병을 하면서 방위병 복무를 시작했다. 좋아하던 담배를 겨우겨우 끊었다. 그때 신동엽 시인의 시가 한 줌 위안이 되어주었다.

"들길에 떠가는 담배 연기처럼
내 그리움은 흩어져갔네."**

젊은 시절은 그렇게 잠시 구겨졌다.

지난 2월 말 스물여섯 살 된 아들이 독립을 했다. 아버지가 지은 한옥에서 남부럽지 않게 살던 아들은 보증금 500만 원에 월세 45만 원의 원룸을 구했다. 마음 같아서는 좋은 방을 구해주고 싶었지만 그 마음을 꾹 눌렀다. 아들이 호기롭게 독립을 한다는데 아버지가 방을 구해주면 안 되지 싶었다. 아들은 햇살이 잘 드는 창이 있는 방을 구했다며 신이 난 표정이었다. 아들은 작전을 치르듯 후다닥 분가를 했다. 아내와 함께 아들의 방을 찾아갔다. 방은 잠시 앉아 있기조차 비좁은 공간이었다. 싱크대와 화장실 공간을 분리해 두 공간으로 나누는 바람에 더 비좁게 느껴지는 원룸이었다. 그래도 아들은 연신 싱글벙글했다. 그 방을 보면서 아버지는 옛날 생각이 나 피식 웃음이 나왔다. "여보, 식은 도시락이야!" 아내는 "식은 도시락?" 하며 의아한 표정이다.

산골 소년의 집은 초등학교 바로 옆이었다. 그 초등학교를 1회로 졸업한 아버지는 결혼을 앞두고 초등학교 바로 옆에 집을 지었다. 아버지는 5남매 모두 일곱 살(만 여섯 살)에 입학시켰다. 소년은 점심시간이 되면 집에 와 따뜻한 밥으로 점심을 먹었다. 소년은 도시락을 먹는 급우들이 부러웠다.

"엄마, 점심 도시락 싸줘!" 엄마는 뜬금없는 아들의 요구에 '피~' 하고 웃으셨다. 철이 없다고 생각하셨을 테지만 말없이 도시락을 싸주었다. 집이 지척인데 식은 밥으로 점심을 먹겠다는 아들을 타박하지도 않으셨다. 아들은 신이 나서 도시락을 싸 갔다. 맛있게 여겼던 도시락은 한두 번으로 막을 내렸다. 정작 식은 도시락밥을 먹어보니 맛이 별로였던 것이다. 엄마는 그런 아들에게 철없다 핀잔을 주지도 않았다. 10킬로미터 떨어진 중학교를 통학한 소년은 졸업할 때까지 식은 도시락을 먹어야 했다. 소년은 고등학교에 진학해 집을 떠났다. 이번에는 아버지의 엄명으로 초등학교를 졸업하고 공장에 다니며 동생들을 뒷바라지한 누나가 식은 도시락을 싸주었다. 식은 도시락을 먹으면서 사춘기를 보낸 소년은 서울로 가 대학에 진학했다. 서울에서는 청년에게 식은 도시락을 싸줄 어머니도 누나도 없었다.

아버지는 곰팡내 나는 다락방에서 청춘의 한때를 보내야했다. 아버지의 다락방은 어쩔 수 없는 선택이었다. 아들은 아버지가 공들여 지은 한옥 방을 마다하고 원룸으로 떠났다. 아들의 원룸 독립은 불편을 감수하면서 스스로 선택한 것이다. 식은 도시락에 혹했던 산골 소년과 원룸에 혹한 서울의 아들은 어쩐지 닮은 것 같다. 그래도 아버지는 그 좁은 원룸에 사는 아들이 못내 안쓰럽다. 집에 온 아들의 옷에서는 곰팡내가 난다.

그러고 보면 식은 도시락은 한 소년이 집을 떠나 독립해 가는 여정과 닮은 것 같다는 생각마저 든다. 영화로도 나온 릴리 프랭키의 소설 『도쿄 타워』에서 진학을 위해 집을 떠나는 소년에게 엄마가 싸준 도시락처럼 말이다. 기차에서 식은 도시락을 먹으면서 소년은 훌쩍인다. 철이 들기 시작하는 것이다. 식은 도시락은 그러니까 한 소년의 인생에서 홀로서기 시작의 매개체가 아닐까 싶다.

며칠 전 보유 중인 오피스텔 전세를 내주게 되었는데, 한 부녀가 계약하러 왔다. 함께 온 아버지는 장녀가 독립을 한다면서 내내 못마땅한 표정이었다. 오피스텔이 딸에게는 식은 도시락이 아닐까, 애써 웃음을 참았다. 요즘 젊은 세대는 '독립'이 트렌드인 것 같다. 좋은 세태라고 해야겠지만 부모가 자녀로부터 '독립 당하는' 진풍경도 벌어지고 있다. (『한국수필』, 2021년 8월호)

---

* 내촌마을.
** 신동엽, 『누가 하늘을 보았다 하는가』, 창작과비평사, 1979, 97쪽.

'시간의 점'이라는 묘약

　"아빠, 우리 캐치볼 해요!" 아들 승현이는 초등학교와 중학교 시절에 틈만 나면 아빠에게 야구공으로 캐치볼을 하자고 졸랐었다. 나는 그때마다 "다음에 하자"고 뒤로 미루곤 했다. 그러다 맘먹고 글러브와 야구공을 샀지만, 그 후에도 캐치볼을 딱 두 번밖에 하지 못했다. 고등학생이 되자 이번에는 아들이 시간을 내지 못했다. 나는 아들에게 미안해 아직도 야구공을 서재에 보관하고 있다. 글러브는 지금도 신발장에서 낮잠 자고 있다. 부모가 되어 살다 보면 자녀와 함께 하는 시간은 길 것 같지만 지나고 보면 너무 짧은 것을 새삼 느낀다.

나는 아들이 6학년 여름방학 때부터 아들과 함께 가는 도보여행을 시작했다. 평소에는 캐치볼조차 못 해주었지만, 방학 중에는 반드시 시간을 내어 아들과 함께 도보여행을 하고 싶었다. 물론 아들은 가고 싶어 하지 않았을 테지만 횟수가 거듭되자 아들도 당연한 듯 따라나섰다. 지금 생각해 보면 그게 제일 고마웠다. 덕분에 도보여행은 아들과 자주 놀아주지 못했던 아빠가 그래도 함께 시간을 보낼 수 있는 계기가 되어 주었다.

네 번째 도보여행은 지리산 종주를 택했다. 첫 종주여서 내게도 아들에게도 무척이나 힘든 여정이었지만 굽이굽이 지나온 산등성이를 보면서 느낀 감흥은 가슴에 '인장'처럼 강렬하게 남아 있다. 그런데 뜻밖의 경험을 했다. 세석산장에서 잠을 자다 자정을 오전 다섯 시로 알람을 잘못 설정해 놓는 바람에 알람 소리에 갑자기 잠에서 깼다. 일어난 김에 아들과 함께 잠시 밖으로 나왔는데 이게 웬일인가! 세석산장은 온통 눈부신 달빛들이 농익게 타오르고 있었다. 달빛들이 한바탕 잔치를 벌이고 있는 것 같았다. 이 장면은 지금도 내게 강렬한 하나의 '점'으로 남아 있다.

자연주의 시인 윌리엄 워즈워스는 이렇게 기억에 떠오를

때마다 힘을 주는 자연 속의 한 장면을 '시간의 점'이라고 불렀다. 워즈워스는 스무 살 때 알프스 여행을 하면서 보았던 한 풍경이 평생 머릿속에 남아 새로운 활력을 불어넣어 주곤 했다면서 그 유명한 「서곡」을 썼다.

> "우리 삶에는 시간의 점이 있다.
> 이 선명하게 두드러지는 점에는
> 재생의 힘이 있어
> 이 힘으로 우리를 파고들어
> 우리가 높이 있을 때는 더 높이 오를 수 있게 하고
> 우리가 쓰러졌을 때는 다시 일으켜 세운다."*

아버지란 자식을 더 넓은 세상으로 이끌어주는 존재라고 한다. 이게 내가 아들과 도보여행을 시작한 이유이기도 하다. 그래서 도보여행을 하면서 아들에게 '시간의 점'들을 많이 만들어주고 싶었다. 먼 훗날 내가 함께할 수 없을 때 힘이 되어 줄 그런 점들 말이다. 그러다 보면 아빠는 아이에게 잔소리가 많아지는 법이다. 나 또한 예외는 아니었다. 도보여행을 하다 보면 아빠는 늘 잔소리쟁이가 되곤 했다. 그

날도 그랬다. 세석산장에서 하룻밤을 묵고 떠나려고 하는데 아들은 전날 동행했던 사람들과 함께 하산하자고 했다. 길을 떠나야 하는 시간인데 기다리자는 투였다. "길을 가다 보면 또 만나기 마련이다. 오늘은 우리가 가야 할 여정에 충실해야 한다!" 아빠는 화를 참지 못하고 그만 잔소리를 하고 말았다.

출발부터 서로에게 삐친 부자는 천왕봉을 향해 한동안 말없이 걸었다. 그러다 문득 지나온 능선들을 배경으로 뒷모습을 서로 찍어주자는 생각을 했다. 풀이 죽은 아들을 위로하고 또 어색한 분위기를 풀어야 했기 때문이다. 이 사진을 볼 때면 아들에게 잔소리했던 미안함에 괜스레 얼굴이 붉어진다. 그러고 보면 아버지란 결코 자식에게 이길 수 없는 존재인 것 같다.

지금까지 아들과 함께 걸었던 열두 번에 걸친 도보여행 사진들을 보노라면 마치 아들의 성장기를 단계별로 보는 것 같다. '아직 앳된 소년을 데리고 참 모질게도 데리고 다녔구나', 하는 생각이 들면 마음이 먹먹해지곤 한다. 그 소년은 훌쩍 자라 대학생이 되었다.

도보여행은 또한 나를 성찰하고 돌아보는 시간이기도 했

다. 돌이켜보면, 나는 좋은 아빠가 되기 위해 이런저런 애를 많이 썼지만, 잘 놀아주는 아빠는 되지 못했던 것 같다. 다만 내가 아이와 함께했던 도보여행의 기억들은 아이에게 최고의 유산이 되어 줄 거라 믿는다. 그리고 훗날 아들 또한 그의 아이를 데리고 도보여행을 떠나지 않을까, 이런 유쾌한 상상을 해본다.(『월간에세이』, 2016년 5월호)

---

* 　알랭 드 보통, 『여행의 기술』, 이레, 2004, 210쪽.

인생의 오묘함에 대하여

"아기가 태변을 먹었어요." 막 대기실에 들어서자 간호사가 이렇게 전했다. 순간 태변을 먹으면 아이에게 어떤 영향을 미치는지 몰라 어리둥절했다. 간호사는 "큰 사고로 이어질 수 있었는데 다행히 지금은 아기가 인큐베이터로 옮겨져 치료를 받고 있다"고 전해주었다. 생애 처음으로 아기 탄생의 우여곡절을 경험한 나는 식은땀을 흘렸다. 당시 아내는 자연분만이 가능하다는 의사의 말에 분만촉진제를 맞았지만, 입원한 지 서른세 시간 만에 결국 수술을 했다. 이런 우여곡절 끝에 아들은 1996년 8월 30일 오전 11시 45분쯤 세브란스병원 분만실에서 세상에 나왔다. 태변을 먹은 아기는 황달에 걸려 인큐베이터에서 한 달간 있다 처음으로 엄마 품에 안겼다.

아기 탄생을 앞두고 초보 남편인 나는 몇 가지 아내에게 상처를 주었다. 만삭인 아내는 출산예정일을 20일 정도 앞두고 새벽에 양수가 터져 둘째 처남이 운전해 신촌 세브란스병원 응급실로 갔다. 양수가 터진 그때 나는 만취 상태로 귀가해 자고 있는 터라 운전을 할 수가 없었다. 당시 처남은 막 운전면허증을 따고 시험 운전도 안 해본 상태로 운전대를 잡았다. 아내는 술 취한 남편을 얼마나 원망했을까, 처남의 서툰 운전에 병원까지 가던 길이 또 얼마나 긴 시간이었을까……

아내는 임신 시절을 떠올리면 언제나 빼먹지 않는 레퍼토리를 들려준다. 생동하던 처녀 시절을 보내던 아내는 갑자기 결혼하면서 허니문 베이비로 임신을 했다. 아내는 이내 임신 우울증에 시달렸다고 한다. 당시 나는 석사과정 논문을 준비하는 시기여서 직장 일과 학업을 병행하느라 아내의 우울증도 감지하지 못하고 있었다. 훗날 아내는 그때 내가 출근하고 나면 매일같이 흔들의자에 앉아 울었다고 했다. 되돌아보면 신혼 시절 아내가 툭하면 울었는데, 그게

다 임신 우울증 때문이었던 것이다. 더욱이 나는 퇴근 후에 나 휴일에 산책을 시켜달라는 아내의 요구를 바쁘다는 핑계로 들어주지 않았다. 임신 상태의 아내에 대한 배려가 거의 없었던 것이다. 아내는 이때 '다시 임신을 하면 내가 인간이 아니다'라고 다짐했다고 한다. 지금 생각하면 평생 이뻐해 주어도 다 갚지 못할 미안함이다.

"아이가 태어나면서 우울증도 사라졌어요. 아들 얼굴이 최고의 보약이었어요!" 얼마 전 결혼 21주년이 지났는데, 아내는 대뜸 이렇게 말했다. 아들의 탄생은 그동안 앓던 우울증도 철부지 남편에 대한 모든 서운함도 날려버렸다고 한다. "그때 정신이 퍼뜩 들었어요. 아기를 위해 내가 할 수 있는 일은 무엇이든지 하겠다고요." 아내는 아기를 옆집 쌍둥이 엄마에게 맡겨두고 먼 길을 마다하지 않고 과외를 시작했다. 아내는 대학 시절부터 영어 과외를 했는데, 아기 얼굴을 보니까 다시 과외를 해야겠다는 생각이 들었단다.

아내는 "아기가 태어나면서 마치 부자가 된 것처럼 든든했어요!"라고 말하곤 한다. "그런데 참 이상한 것은 아이가 성장하면서 우리 집의 재산도 스노볼처럼 점점 불어나기 시작했다는 것이에요!" 실은 우리 부부의 결혼생활을 되돌아보고 지금 경제력을 비교해보면 놀랄만한 변화를 겪어왔다는 것을 실감한다.

　신혼생활은 21평 아파트에 3천만 원 전세로 시작했다. 3천만 원도 70퍼센트가 넘게 대출금이었다. 그러다 아기가 세 살 때 32평 아파트로 전세를 옮겼고, 다섯 살 때는 일산의 22평 건영빌라를 9천만 원 조금 안 되는 가격에 샀다. 몇 년 만에 괄목할 만한 재산의 증가였다. 아내는 그 후 줄곧 한 번도 과외가 끊긴 적이 없었는데, 이는 박봉에 허덕이는 내게 화수분 같은 역할을 했다. 1997년 외환위기 이후 내가 다니던 신문사가 모그룹이 발을 빼면서 큰 위기에 처했다. 월급은 절반으로 깎였는데, 내가 신문사를 그만둘 때까지도 박봉은 지속됐다.

　그런데도 재산은 날로 불어났다. 가양동에 있는 아파트를 분양받았고, 이 아파트는 지금까지도 우리 집 가계의 든든한 지렛대 역할을 하고 있다. 아내의 말처럼 이 모두가 아기가 탄생하면서 생긴 변화상이다. "아들이 중2 때 당신 몰래 아들 사주를 본 적이 있는데요, 아들이 엄마 아빠에게 부자 만들어주기 위해 양수를 터뜨리면서까지 일찍 나왔대요." 하루는 아내가 뜬금없이 이런 말을 전했다. 사주(四柱)란 과학적 근거 없는 운명론적인 것이라고 하더라도 아내의 말을 듣노라면 절로 기분이 좋아진다. "용띠 아버지에 쥐띠 아들이 태어나면 집안에 복을 불러온대요!" 이런 말도 아내는 했다. 물론 이 또한 허무맹랑한 속설일 수 있을 터이지만 기분이 좋아지는 것은 어쩔 수 없다.

더 기묘한 일도 있었다. 아들은 애써 진학한 고등학교에서 적응을 하지 못해 괴로워했다. 더욱이 전정신경염까지 걸려 학업과 건강에 지장을 줄 정도였다. 담임교사와의 사소한 오해가 발단이었는데 고2 1학기를 다니다 아들은 전학을 요구했다. 1학년 때 담임교사가 그대로 2학년 담임교사가 되었는데, 오해가 풀리지 않은 듯했다. 끈질긴 설득에도 아들은 기어이 전학을 가야겠다고 했다. 수소문 끝에 은평뉴타운에 있는 고등학교로 전학을 했고, 우리는 학교 인근으로 이사를 했다. 아들 전학이 아니면 이곳에 살 계획은 애초에 없었다.

하루는 동네 주변을 산책하다 은평한옥마을 분양소식을 접했다. 우리 부부는 상의 끝에 한옥 필지를 분양받았다. 비싼 분양금에 처음에는 불가능한 것처럼 보였는데, 어찌 된 일인지 지금은 그곳에 한옥을 짓고 있다. 이 또한 따지고 보면 아들의 전학 덕분이 아닐 수 없다. 전화위복이자 일음일양(一陰一陽)의 이치라고 할까……. 며칠 전 집짓기 현장을 방문한 아내는 "무슨 조화인지 모르겠지만 우리가 한옥까지 짓게 된 것은 아들 덕이 큰 것 같고 어쩌면 아들의 사주풀이가 맞는 것 같다"고 했다. 아들은 지금 러시아 모스크바대학에서 어학연수 중이다. 우리 부부는 틈만 나면 인근 삼천사에 가서 절밥을 먹고 아들을 위해 감사기도를 드린다.

나는 자식 욕심이 있었는데, 어찌어찌하다 아들 하나만 두었다. 그런데 아내는 내 사주를 봤더니 아들만 하나라고 했단다. 어머니도 그런 말을 들려주셨다. 참 희한한 일이다.

결혼생활 혹은 인생은 참 오묘하다는 생각이 들곤 한다. 다시 태어날 수 있다면 이번에도 아내 이채영의 남편이고 싶고, 승현의 아빠이고 싶다. 아내가 만삭이 되면 손을 꼭 잡고 함께 자주 산책을 해서 아내를 빼닮은 예쁜 딸도 두고 싶다. (리더스 에세이 대표문집 『결혼 오래된 믿음』, 2016)

남자는 '섬'이 되어 살아간다?

남자는 며칠 전 서울 모 대학교에 갔다. 월간지에 칼럼을 쓰는 남자가 아주 오랜만에 인터뷰를 하기 위해서였다. 신문기자 시절에는 뭇사람들을 만나는 즐거움이 컸다. 사람들을 인터뷰할 때마다 어떤 변곡점에서 감동이 뭉클 다가온다. 그 변곡점이 없으면 그날 인터뷰는 실패작이다. 그런 인터뷰를 하고 글을 쓰면 억지로 감동을 지어 짜내는 듯한 자괴감마저 들곤 했다.

남자가 이날 대학 교정에서 진행한 인터뷰는 여느 때와 달랐다. 예전 같으면 스스럼없이 악수를 청해 반가움을 표시했을 터. 남자는 인터뷰이를 만나 먼저 그이의 상태를 살

펴야 했다. 그이는 마스크를 쓰지 않았다. 마스크를 쓴 남자는 황급히 마스크를 벗으면서 '무장해제'의 시그널을 보냈다. 그이는 곧장 악수를 청했고 남자는 반갑게 악수에 응했다.

남자는 최근 마트에서 에어컨 바람을 쐰 후로 어깨가 시리고 땀이 나는 증세를 겪고 있다. 아내는 남자 갱년기 증세라고 했다. 어쨌든 몸이 제 컨디션이 아닌데 그이를 만나 마스크를 벗고 악수까지 했으므로 남자는 그이에게 살짝 미안한 기분이 들었다. 다만 남자는 그날 체온이 36.5도 정상이어서 그런 죄송함은 기우일 거라 치부했다.

그이도 연구실에서 인터뷰가 부담스러웠던지 근사한 산책로가 있다며 남자를 이끌었다. 남자 또한 제 컨디션이 아니었으므로 연구실이 아닌 개방된 공간에서 인터뷰하기를 은근히 기대했었다. 이게 이심전심인가! 코로나 사태는 인간의 마음까지 교감하게 만드는가 보다고 남자는 문득 생각했다.

캠퍼스 뒤는 야트막한 산이었는데 채 10분도 안 돼 도착한 곳은 놀랍게도 아담하지만 작지도 않은 호수였다. 산 중턱에 인공으로 조성한 산정(山井)호수였다. 이런 곳이 있다니! 이백이 「산중문답」이란 시에서 읊은 '별유천지비인간 (別有天地非人間)'이란 이런 곳이 아닌가라는 생각마저 들었다. 대학 캠퍼스 내에 있는 덕분인지 더욱 한적의 미가 느껴졌다.

인터뷰를 진행하면서도 남자는 자꾸 호수로 눈길이 갔다. 호수 한가운데에는 아주 작은 섬이 있었다. 그곳에는 한 폭의 동양화가 펼쳐지고 있었다. 흰 두루미가 유유자적 둥지를 틀고 때로 그 옆에 호수로 드리운 소나무에 걸터앉았는데 그 모습이 마치 신선인 양 보였다. 남자는 그 두루미가 되고 싶었다.

인터뷰를 진행하다 말고 남자는 그이에게 뜬금없이 『시경』에 「학명(鶴鳴)」이라는 시가 있다고 들뜬 표정으로 말했다. "학은 때로는 연못 속에 침잠하기도 하고 때로는 긴 울음을 내기도 하는데 그러면 저세상의 들판까지 그 울음소리가 들린다지요. '높은 언덕에서 학이 우니 그 소리가 들판에 들리네. 물고기가 깊은 연못에 잠겼다가 이따금 물가로 나오기도 하네……' 그러다 학은 어디론가 멀리 날아갔다 되돌아오곤 한다지요."

「학명」이란 시는 단순히 학의 울음소리를 그린 시가 아니라는 것이다. 학에 비유된 은자는 숨어 살더라도 그의 덕과 이름이 널리 퍼진다는 뜻을 담고 있다는 것이다. 물고기가 연못 속에 잠겼다가 밖으로 나타나는 것은 은자가 뜻을 얻어 세상에 나가 활동하다가 시세(時勢)가 허락하지 않으면 물러나 자기 한 몸을 닦는 태도를 비유한다는 것이다.

남자는 종로 5가에 있는 한의원에 다닌 적이 있다. 원장*은 한문에 조예가 깊은 분이었다. 어느 날 남자에게 호를 지어주겠다면서 '후연(厚淵)'이 좋겠다고 했다. 호를 지어주는 것이 단지 고객관리 차원처럼 보이지 않아 고마웠다. 남자의 내면을 들여다보고 지은 것 같았다. 후연은 '두터운 연못'이라는 의미인데 넉넉한 마음을 지닌 군자처럼 그런 인생을 가꾸라는 의미일 거라고 남자는 받아들였다. 남자는 기쁜 마음을 담아 고급 양주 한 병을 드렸다.

남자는 서재의 이름을 '후연재'로 삼았다. 세상에 나아가 호연지기를 펼치는 것도 한 생애에서 필요하고 시세가 녹록지 않을 때는 물러나 거처할 곳이 있어야 한다고 남자는 생각했다.

남자는 16년 넘게 기자 생활을 했고 마흔세 살에 호기롭게 퇴사해 작가의 길을 걷고 있다. 이제 오십 대 후반에 이른 남자는 요즘 부쩍 자신이 '섬'이 되어가고 있다는 생각이 들곤 한다.

실은 오래전 어떤 모임에서 그런 생각을 고백했는데 미처 자신도 주체하지 못할 정도로 하염없는 눈물을 쏟은 적이 있었다. '남자는 나이가 들면 너나없이 섬이 되어 갑니다. 사회생활을 더 열심히 한 남자일수록 외딴 섬이 되는 것 같아요. 마음을 터놓을 친구는 손꼽을 정도이고 그나마 만난 지 오래입니다.'

섬이 된 남자들은 홀로 불을 깜박거리는 나 홀로 등대처럼 살아간다. 그것은 누구도 저항하지 못하는 '남자의 길'이 되고 있다. 남자는 산업혁명이 그 원죄라고 생각한다. 산업혁명은 남자를 가족에게서 떼어내 일하는 기계로 만들었다. 그리고 나이가 들어 일하지 못하는 남자는 사회에서도 가정에서도 유폐되어 '섬'이 되어 살아가는 것이다.

인터뷰를 끝내고 내려오는데 한 엄마가 어린 두 아이를 데리고 산정호수로 가고 있었다. 큰아이는 어깨에 가방을 메고도 씩씩했다. 마치 '도심 속 섬'처럼 떠 있는 산정호수는 소풍객들을 불러 모으는 별유천지가 되어 있었다. 남자는 자신의 섬에도 연륙교를 개설하고 두루미들이 즐겨 찾

아오는 별유천지로 만들어야겠다고 다시금 다짐했다.(『한국

수필』, 2020년 9월호)

* '효성한의원'을 운영한 김효영 한의사. 경희대 한의학과 출신으로 침술의 대
  가인데 그만 코로나에 감염되어 2020년 백신접종을 앞두고 안타깝게도 급서
  (急逝)했다.

마흔,
아버지의 마음이 되는 시간

마흔을 넘기면서 언제부터인가 예고 없이 불쑥불쑥 아버지가 생각나곤 한다. 아침 산책길에서도 순간순간 생전 아버지의 모습이 떠오르기도 한다. 아버지와 연세가 같은 분을 보면, '아버지도 저런 모습일 테지……' 하고 상상한다. 그럴 때면 나도 몰래 코끝이 찡해 온다. 아버지는 이른 아침에 농사일을 나설 때 풋고추를 넣은 라면을 즐겨 드셨다. 어린 시절 잠결에 이 광경을 보곤 했다. 내가 풋고추를 곁들인 라면을 즐겨 먹는 것도 이 때문이다.

중년의 자식들이 아버지를 떠올리는 것은 비단 나만의 이야기는 아닌 것 같다. 어떤 블로거는 춘부장의 빈소에 갔다 선친이 생각나 그 길로 1박 2일 여행하며 아버지를 추억하고 돌아왔다고 한다. 그래서 곰곰이 생각해보았다. '왜 사람들은 마흔 정도가 되면 아버지를 생각하는 걸까….' 그 의문은 우연하게 책을 읽다 풀렸다. "마흔이나 마흔다섯 살 정도 되면 아버지에게 자연스럽게 이끌린다." 미국의 시인이자 신화분석가인 로버트 블라이의 말이다. 마흔에 접어들면 사람들은 아버지를 정확히 보고, 아버지에게 다가가려는 욕구가 생긴다는 것이다. 그것은 마치 인간의 생물학적 시간표에 따르기나 하듯이 불가해하게 찾아드는 현상이라고 한다. 말하자면 자식들은 마흔 이후가 되어야 부모를 마음으로 만날 수 있다는 것이다.

그러고 보면 나 또한 그랬던 것 같다. 정확하지는 않지만 나는 마흔 이전까지는 아버지에 대해 별생각을 하지 않았다. 물론 사는 데 바빴던 탓도 있었을 테지만 말이다. 아버지는 내가 고2 여름방학 때 돌아가셨다. 벌써 아버지가 세상을 떠나신 지 35년이 흘렀다. 아버지와 함께 살았던 날들이 마치 신기루처럼 느껴질 때가 있다.

가물거리는 기억들을 붙잡고 싶어 최근에는 서재 한편에 아버지의 사진을 걸어두었다. 해인사에서 짙은 검정 양복을 입으시고 선글라스에 멋스러운 지팡이를 짚은 채 포즈를 취하고 계신다. 젊은 시절에 누구나 한 번쯤 취해봄 직한 당당한 자세다. 이 사진을 볼 때마다 '아버지도 젊은 시절이 있었구나!' 하는 생각이 새삼 든다. 그 옆에는 백악관을 배경으로 한껏 폼을 잡은 나의 30대 시절 사진이 있다.

어머니는 2년 전 추석 무렵 척추를 크게 다치셔서 거동을 못해 요양병원에 계신다. 볕이 따스했던 지난 봄날, 나는 어머니를 휠체어에 태워 병원 밖으로 산책을 했다. 그때 어머니는 오래된 이야기를 해주었다. "그 양반은 순전히 술 심(힘)으로 일했다. 얼마나 일을 했던지 손톱이 다 닳아 없어질 정도였다……." 그 순간 나는 아버지에게 얼마나 미안했는지 모른다. 시골 가난한 살림살이에 네 명이나 되는 자식들을 공부시키느라 아버지는 개천가의 황무지 개간에도 나섰다. 나도 아버지를 따라 돌을 캔 적이 있었다. 가혹한 노동은 술로 이겨내야 했을 것이다. 어느새 알코올 중독 상태가 된 아버지는 술을 드시면 평소와 달리 돌변해 때로 어머니에게 주사(酒邪)를 부렸다.

술에 취하면 아버지는 젊은 시절 이루지 못한 꿈을 들려주곤 했다. "부산에 있는 국제우체국에 취직시험을 보고 합격이 되었는데 집배원이 합격통지서를 이웃 동네에 있는 이름이 비슷한 사람에게 잘못 전해주었다. 이를 뒤늦게 알았을 때는 합격이 취소되고 난 후였다." 마치 호랑이 담배 피던 시절의 이야기처럼 들렸다. 그 합격통지서를 제대로 받았다면 아버지의 인생도 우리 가족의 삶도 많이 달라졌을 것이다.

요즘 산책길에서 아버지의 그 꿈을 복기해 보곤 한다. '그래, 젊은 시절 아버지도 이루고 싶은 꿈이 있었어. 불행하게도 눈앞에 보였던 꿈은 물거품이 되었고……. 그래도 어머니에게는 왜 그러셨어요?' 나도 아버지가 되면서 차츰 아버지의 고단했던 삶을 이해하게 되었지만 몇 장면만은 결코 지울 수 없는 트라우마로 남아 있다. 어머니의 병환도 어쩌면 그때의 후유증인 것도 같다. 어머니는 오랜 농사일 탓이라고 애써 변명하시지만 말이다. 아버지는 아버지로서는 훌륭한 아버지였지만 남편으로서는 모진 애증(愛憎)을 남긴 남편이었던 것이다.

고등학생 시절, 그러니까 돌아가시기 일년 전쯤 한번은 만취한 아버지를 부축하며 집으로 온 적이 있었다. 그때 아버지가 이런 말을 하셨다. "네가 장가갈 때까지 살아 있어야 할 텐데…….” 아버지는 약속을 지키지 못하셨다. 장맛비가 쏟아지던 여름날, 아버지는 마흔일곱 살에 돌아가셨다.

고2였던 나는 지금 생각해도 철이 없었다. 아버지를 모시고 병원 한번 가지 않았기 때문이다. 한번은 어머니가 이렇게 말했다. “그 양반한테 부산에 가서 큰 병원에 가 보시라고 돈을 마련해서 드렸단다. 그런데 돈을 한 푼도 안 쓰고 가져왔더라. ‘내 병은 내가 안다. 그 돈이면 자식들 공부 뒷바라지를 해야 한다’고 하면서…….” 지금 생각해보면, 아버지는 자식 교육을 당신의 죽음과 맞바꾸셨던 것이다.

대학시절 본가를 마지막으로 떠나기 전 집안 정리를 하다 아버지가 생전에 늘 안방 머리맡에 두시던 두툼한 메모 노트를 본 적이 있었다. 거기에는 일기와 영농일지, 연락처, 대출 일자와 차용증 등이 꼼꼼하게 정리되어 있었다. 1986년 당시 받은 수몰 보상금으로 대출금을 모두 갚았다. 메모 노트에는 자식 교육으로 고단했던 아버지의 삶이 담겨 있을 텐데, 고향 집이 수몰되기 전에 어머니가 마지막 챙겼을 아버지의 메모 노트를 다시는 보지 못했다. 어머니의 치매가 악화되기 전에 여쭤보았어야 했는데 아쉬운 마음뿐이다.

나는 마흔 이후 술과 담배를 멀리하고 있다. 그것은 무엇보다 결혼식 때 내가 겪었던 아버지의 부재를 아들에게 대물려 주고 싶지 않아서다. 생전 아버지는 한번도 담배를 태우시지 않았을 정도로 의지가 강하셨는데 술은 왜 끊지 못하셨을까…….

때로 부모가 자식에게 상처를 주기도 하고, 자식이 부모에게 상처를 주기도 한다. '상처 없는 영혼은 없다'라는 말이 있듯이 상처 없는 가족은 없을 것이다. 그 상처는 가족이라는 울타리를 위협하기도 한다. 하지만 결국은 서로에 대한 측은지심으로 치유되기도 한다. 병상의 어머니는 건강한 모습의 아버지를 꿈에서 만나셨다면서 기분이 참 좋았다고 하셨다. "어머니, 그럼 나중에 아버지와 합장해 드릴까요?" 펄쩍 뛰실 줄 알았는데 빙그레 웃으신다.(『한국수필』, 2015년 12월호, 신인상 당선작)

아버지의 방

"6월 어느 일요일 정오가 지났을 무렵, 아버지는 어머니를 죽이려고 했다."

지난해 가을 노벨문학상 수상한 프랑스 작가 아니 에르노의 소설 『부끄러움』은 이렇게 첫 문장을 시작한다. 열두 살 소녀의 부모는 프랑스의 소도시에서 식품점과 식당으로 생계를 이어가는데 6월의 어느 일요일, 말다툼 끝에 아버지가 전지용 낫을 들고 어머니의 어깨인지 목덜미인지를 틀어쥐고 죽이려고 했다. 부모의 말다툼을 보다 2층 자신의 방으로 올라간 소녀는 어머니의 비명소리를 듣고 황급히 내려오는데 그만 황망한 광경을 목도한다. 소녀는 아버지가 어머니를 죽여서 감방에 가는 사태를 막아야 했기에 "사람 살려요!"라고 외쳤다.

그런 후에 사태는 일단 진정되었고 세 식구는 다시 부엌에 모였다. 아버지는 울고 있던 딸에게 "넌 왜 울어, 내가 너한테 무슨 짓을 했다고"라는 말만 되풀이했다. 딸은 "아빠가 내 불행을 벌어놓은 거야"라고 응수한다. '불행을 벌다'라는 표현은 노르망디의 사투리로 공포스러운 일을 겪은 후 영원히 미치거나 불행해진다는 뜻이다. 작가의 분신인 나는 "그 후 그 일요일은 나와 이전의 나에 대한 모든 것 사이를 가르는 어떤 장막처럼 남게 되었다"고 회상한다. 사립학교에 다니고 있던 소녀는 아버지가 어머니를 죽이려고 했던 일요일의 그 사건과 식품점을 하는 노동자 부모와 환경으로 인해 계급적인 천박함을 느끼면서 "부끄러움은 내 삶의 방식이 되었다"고 고백한다.

나는 그의 노벨문학상 소식을 듣고 에르노의 소설들을 두루 살펴보다 『부끄러움』의 줄거리를 접하고선 가슴이 쿵하고 내려앉는 기분이었다. 작가의 용기 있는 글을 접하고 싶어 이내 이 소설을 구매했다. 그런데 막상 읽을 용기가 나질 않았다. 그러다가 일 년이 지난 후에 이 책에 다시 눈길이 갔다. 조마조마한 마음으로 책을 폈다. 첫 문장을 접하자 소년 시절 아버지에 대한 지워지지 않는 이미지가 무의식에 잠겨 있다 떠올랐다. 그날 아버지의 주사(酒邪)는 지금도 불쑥불쑥 가정폭력에 대한 뉴스를 접할 때면 소환되곤 한다. 소설 『부끄러움』에서 열두 살 소녀와 비슷하게 열한두 살 그즈음이었던 것 같다.

　만취한 아버지는 평소와는 다른 사람이 되곤 했다. 주신(酒神) 디오니소스가 아버지의 영혼을 훼방한 것이리라. 그때마다 어머니는 자식을 데리고 피신할 곳을 찾았다. 나는 지금도 그때 숨곤 했던 다락을 별로 좋아하지 않는다. 소년은 외출한 아버지가 귀가할 시간이 다가오면 신경이 곤두섰다. 동구 밖에서 아버지의 목소리가 들리면 소년은 아버지가 술에 취했는지 여부부터 탐색하곤 했다. 소년은 속으로 '차라리 아버지가 죽었으면' 하고 바랐다. 아버지가 없으면 우리 집에 평화가 깃들 것 같았다. 아버지는 내가 고등학교 2학년 여름방학 때 끝내 세상을 떠났다. 우리 집에도 어머니에게도 평화가 찾아왔다. 너무나도 '모진' 바람이 실현된 것이다. 나는 지금도 이 생각을 하면 아버지에게 죄송스럽다. 그런 바람을 한 나는 아버지에게 늘 죄인이다.

늘 '모르는 것은 배워야 한다'라는 말을 입버릇처럼 말씀
하셨던 아버지는 배움에대한 갈망 때문에 교육에 남달리
열정을 가지고 계셨다. 초등학교 육성회장과 동창회장을
하셨고 생명이 사위어가는 순간에도 초등학교 교정에 충효
비를 세웠다. 내가 중학교에 진학하자 육성회 부회장을 하
셨다. 또한 누구보다 부지런한 농군이셨다. 아버지는 야산
을 개간해 복숭아과수원을 만들었다. 1970년대 초에 비닐
하우스를 만들어 토마토를 재배했다. 술을 드시지 않은 평
소의 아버지는 누구보다 의욕적인 농군이셨다.

　나는 지금도 여름철이면 복숭아의 까끌까끌한 털을 씻을
때의 촉감을 느끼곤 한다. 복숭아를 따서 몇 개 들고 개천에
목욕을 하러 가서 멀리 던지고서는 복숭아를 찾아 헤엄쳐
가곤 했다. 또 비닐하우스에서 재배한 토마토를 먹곤 했다.
부산으로의 이주를 단념한 아버지는 누구보다 계몽적인 농
군의 길을 걸으셨다. 지금도 아버지를 아는 사람을 만나면
'한발 앞서 개혁적인 사고와 실천을 하셨던 분'으로 기억한
다. 이런 말을 들을 때면 아버지의 삶이 애달파 목이 멘다.
아버지는 술로 고단함을 잊으려 하셨던 셈인데 결국 술에
무너지신 것이다.

아버지의 주사는 소년시절 부끄러움이 되었고 원체험으로 무의식에 자리하고 있다. 나는 아들을 키우면서 식사 때나 아들 앞에서는 술을 마시지 않았다. 주사 또한 결코 하지 않았다. 아내에게 폭력은 생각조차 할 수 없다. 아버지는 나에게 최고의 반면교사가 되어 주셨다. 모스크바에 사는 막냇동생은 가정폭력 희생자를 위한 자원봉사를 하고 있다.

미국의 신화학자이자 시인인 로버트 블라이는 자녀라면 누구나 마음속에 '아버지의 방'*을 두 개 만들어야 한다고 했다. 하나는 아버지의 '밝은 방'이고 다른 하나는 '어두운 방'이다. 어두운 방이란 설사 아버지가 다른 사람에게 영웅으로 보였다고 하더라도 일그러지고 숨겨진 면, 파괴적이고 상스러운 면, 그늘진 면을 있는 그대로 수용할 수 있는 그런 방이다. 나에게 이 글은 모종의 위안이자 회개로 다가왔다.

아버지는 완전한 존재가 아니다. 신도 선과 악의 두 얼굴을 지닌다. 아버지는 실수도 하고 때로 죄악에 빠지기도 한다. 나는 두 개의 방을 서로 방문하면서 아버지를 있는 그대로 수용하고 화해하는 시간을 가지곤 한다. 가족 간, 부모와 자식 간에는 도덕적인 판단으로 서로가 서로를 단죄할 수 없다. 아버지는 고작 마흔여섯 살에 돌아가셨다. 한여름이 되면 야윈 채로 대청마루에서 힘겨운 사투를 벌이다 돌아가신 아버지의 모습이 떠오른다. 다시 한여름을 지나며 나도 아들을 키우면서 아들에게는 혹여 어떤 불편한 원체험을 주었을지 되돌아본다.(『월간문학』, 2023년 9월호)

* 로버트 블라이, 『무쇠 한스 이야기』, 이희재 옮김, 씨앗을뿌리는사람, 2005, 197쪽.

⑴친⑵ 할머니

병상에 12년째 누워 계신 어머니는 새댁시절 모진 시집살이를 하셨다고 한다. 지금도 부모님 세대의 친척분들을 만나면 그 시절의 이야기를 들려주시곤 하는데 그런 이야기를 들을 때면 마음이 착잡해진다.

중학생 때 나는 사랑방에서 할아버지와 함께 잤는데* 그때 옛날이야기를 많이 들려주셨다. 할아버지는 몇 년 몇 일 몇 시까지 기억하고 그날의 이야기들 손자에게 틈틈이 풀어놓았다. 철없던 손자는 또 그이야기냐며 귀를 막곤 했다.

선친의 생모이신 할머니(1903~1937)는 스물두 살에 네 살 연상인 할아버지(1899~1987)와 결혼해 아들과 딸을 낳았지만 이내 죽고 결혼 10여 년 만에 겨우 아버지를 낳으셨다. 영아 사망률이 높던 시절인지라 할아버지는 어린 아들이 죽을까 봐 노심초사 하셨다. 할머니는 아기 돌을 지내고 두 달쯤 후인 정월 보름 전날 산후풍으로 서른다섯 나이에 돌아가셨다. 아버지는 내가 초등학교 시절에 할머니 산소 주변에 꽃나무를 심으시는 등 요절한 어머니를 평생 그리워하셨다.

할아버지는 할머니가 돌아가신 이듬해인 1938년 새 할머니와 재혼해 슬하에 2남 3녀를 두셨다. 막내 고모는 할아버지가 예순두 살, 할머니가 마흔한 살 때 낳았다. 막내 고모는 누나보다 한 살 적고 큰형보다 한 살 많다. 조부모께서는 뒤늦게 삼촌과 고모를 낳으시는 바람에 부모님과 함께 사시기가 곤란해서인지 인근 마을로 분가를 하셨다. 초등학교 시절 할아버지 할머니 집에 반찬이 든 냄비를 들고 가는 것은 내 몫이었다. 해거름에 가면 할아버지는 사랑방에 늘 군불을 넣고 쇠죽을 끓이고 계셨다. 할머니는 "아이고 내 새끼" 하면서 늘 반겨 맞아주셨다. 나는 할머니 방에서 할머니가 마실 온 사람들과 나누는 이야기들을 듣다 스르르 잠들곤 했다. 훗날 나는 아버지가 삼촌, 고모들과 보이지 않는 미묘한 관계가 있다는 것을 느끼곤 했다. 어린 시절에는 그게 크게 다가오지 않았지만, 시간이 흐를수록 그 관계가 어렴풋하게 보이기 시작했다.

릴리 프랭키의 소설 『도쿄 타워』에는 주인공의 어머니가 암에 걸리자 도쿄 타워의 불빛이 보이는 병실로 이모들이 찾아와 위로해주며 밤을 보낸다. 동기간에 훈훈하고 정다운 풍경에 내 마음마저 따뜻해졌다. 어머니의 요양병원 신세가 길어지자 나는 이 대목을 읽으면서 어머니와 이모들의 관계를 비교해보기도 했다. 어머니는 어린 네 명의 이복동생들을 포대기에 메고 돌보았다고 한다. 이모들은 결혼 전에는 여름이나 겨울에 우리 집에 오곤 했는데 어린 조카들의 때 묻은 손을 씻어주곤 했다. 그때 이모의 분 향기가 지금도 잊히지 않는다.

그런데 세월이 동기간의 정을 옅게 한 것일까. 척추가 심하게 손상된 어머니가 와병한 지 11년이 되었지만 병문안 발길은 뜸했다. 큰외삼촌만은 예외였다. 천안의 요양원에 계실 때에는 창원에서 버스를 몇 번 갈아타고서 병문안을 다녀가셨다. 친 외할머니는 장티푸스에 걸려 어린 두 자녀와 함께 돌아가시면서 새 외할머니가 들어오셨고 슬하에 2남 2녀를 두셨다. 어머니의 생모는 큰이모와 어머니를 두셨다.

수년째 투병해 온 큰이모는 두 달 전 부산의 요양원에서 세상을 떠났다. 이종형께서는 이모들이 거의 병문안을 오지 않았다고 서운해했다.

큰외삼촌은 몇 년 전 갑자기 간암으로 타계했다. 생전 큰외삼촌은 한 번도 어머니를 이복누나로 대하지 않았다. 어린 시절 외삼촌 댁에 가면 늘 한결같이 반겨주셨다. 그런 큰외삼촌이 타계한 이후로는 어쩐지 외가와의 연결고리가 끊어진 느낌이 들곤 한다. 물론 요즘은 부모가 돌아가시면 형제들 간의 우의마저 끊어지는 경우가 허다하다. 더욱이 이복형제가 있는 가정은 더 말할 나위가 없을 것이다.

살다 보면 비슷한 내력의 사람끼리 인연이 맺어지기도 하는 것 같다. 생모와 계모로 얽힌 집안 내력은 이상하게 아버지도 어머니도 비슷하다. 아내의 경우도 그랬다. 처외가도 생모와 계모의 갈등이 있었다는 것을 결혼 후에 알았다. 처외조부는 2남 2녀를 두고서 장모의 생모와 이혼 후에 재혼했는데 다시 슬하에 1남 1녀를 두었다. 그런데 외조부가 일본 부부여행 중에 급작스럽게 돌아가시자 수백억 원대에 달하는 상속재산을 둘러싸고 사달이 났다. 장모의 계모는 상속 문제로 급기야 호적을 파냈고, 슬하 1남 1녀에게 재산의 대부분을 상속했다. 지금은 아예 서로 절연해 살고 있다.

'한 다리 건너 천릿길'이나 '피는 물보다 진하다'는 옛말이 있다. 요즘은 이 말에 공감이 가곤 한다. 그러나 어린 시절 할머니나 외할머니 모두 그런 내색 전혀 없이 "아이고 내 새끼" 하면서 반겨주셨다. 할머니는 또 내가 서너 살 때 어머니가 석 달이나 몸져누운 적이 있었는데 그때 어린 손자에게 젖을 물려 키워주셨다고 한다. 나는 이것만으로도 할머니와 외할머니에게 고마워하며 살아가고 있다. 나에게 할머니나 외할머니는 어린 시절 손자에게 정을 준 그분들이다. 또한 삼촌과 외삼촌, 고모와 이모는 여전히 나에게는 삼촌이며 외삼촌이고 고모이고 이모이다. 서운함과 같은 사소한 일들은 인지상정(人之常情)이기에 다만 정리(情理)가 그렇다는 말이다.

어느 집안이나 드러내놓고 말 못 할 사연이나 비밀이 한 가지씩은 있기 마련이다. 이를 '더티 리틀 시크릿(dirty little secret)'이라고 한다. 따지고 보면 드러나지는 않지만 이러한 비밀스러운 이야기도 수많은 사연들로 점철된 인생의 한 부분을 차지하고 있다. 어쩌면 생각보다 더 많은 사람들이 한두 가지의 비밀을 안고 살아가고 있는 것 같다. 집집마다 묻어두고 싶은 비밀 이야기를 간직하고 있지 않은 집이 과연 얼마나 있을까. 돌이켜 생각해보면 우리네 인생은 저마다 한두 가지 이러한 곡절들을 안고 살아가기에 진흙 속에 핀 연꽃처럼 역경 속에서도 아름다운 내면의 힘을 키울 수 있다는 생각이 든다. 이게 더티 리틀 시크릿이 주는 진정한 '반전의 힘'이 아닐지.

---

* 이웃 동네에서 부모님과 따로 사신 할아버지는 할머니가 작은삼촌의 대학 뒷바라지를 위해 집을 팔고 부산으로 떠나자 합가(合家)를 했다.

한 평,
그 사소함의 차이

벌써 수년이 되었는데 집을 지을 때의 일이다. 북촌에 있는 회사에 전화를 걸었다. 집을 짓고 싶고, 먼저 설계를 하고 싶다고 했다. 약속한 날 사무실을 찾았다. 직원인 줄 알았는데 대표께서 직접 상담을 했다. 머리가 희끗희끗해 물어보니 나와 동년배였다. 늦둥이 아들을 두고 있었다. 나도 외동아들을 둔 터라 만나면 먼저 아들 이야기부터 했다. 처음에는 서로 아무런 정보도 없이 만났는데 아들이 매개가 되어 자연스럽게 이야기꽃을 피울 수 있었다.

집을 짓겠다고 설계를 의뢰하러 온 고객과 회사 대표는 설계에 대한 상담은 뒷전이고 매양 아들을 제대로 키우려면 어떻게 해야 할지 이야기를 나누곤 했다. 그러다 또 살아온 날들을 서로 주고받다 보면 시간이 금세 흘렀다. 막상 만나서 설계를 어떻게 할지에 대해서 거의 이야기를 나누지 않았다. 그런데 어찌 된 영문인지 최종 설계도를 받아보니 마음에 쏙 들었다. 더욱이 서재의 콘셉트는 그야말로 감탄사가 절로 나왔다. 서재 북쪽 창가쪽에 작은 침대 크기의 평상이 그려져 있었다. '방 안에 평상이라니!'라는 말이 절로 나왔다. 내가 글을 쓰는 직업이라 잠시 평상에 앉아 먼 하늘을 응시할 수 있게, 그리고 때로는 잠시 누워 눈을 붙일 수 있게 배려한 것이다.

나는 그때 알았다. 누군가 무엇을 요구할 때는 먼저 그 요구사항을 말하는 게 얼마나 부질없는 일인가를 말이다. 요구사항을 말하기에 앞서 서로 간에 마음을 교환하는 시간을 먼저 갖는다면 요구 조건은 아무리 어려운 사항이라도 서로 양보할 수 있게 된다. 반면에 소통이 없이 무언가를 요구한다면 아무리 사소한 요구사항이라도 상대방은 난색을 표시할 수도 있을 것이다. 그리고 집은 그 사람이나 가족이 오랫동안 깃들어 살아가야 하는 공간이다. 이때 집을 지을 사람의 성향을 설계사나 시공사가 파악하는 것이 아주 중요한 사항임을 나는 그때 설계도를 받아보고 깨달았다. 내가 대표님을 만나 설계에 대한 이야기는 뒷전이고 매양 자식 걱정 인생 걱정하며 시간을 보낸 그 시간들이 얼마나 소중한 시간이었던가 하고 말이다. 한 평 남짓한 서재의 작은 평상은 우리 집 설계도에서 가장 눈길을 사로잡은 '신의 한 수'였다.

그런데 나는 그때 한 가지 소홀히 한 게 있었다. 다름 아닌 아내의 취향에 대해서는 거의 이야기를 하지 않았다. 아내가 원하는 주방의 스타일이라든지, 여름에는 에어컨이 없으면 힘들어한다든지 그런 이야기를 전혀 나누지 않았다. 말하자면 내가 관심을 두는 것에 대해서만 의견을 전달했다. 집을 다 짓고 에어컨을 다 설치하고 난 후에 아내가 말했다. 주방이 좀 좁다, 주방에 에어컨이 없다면서 말이다. 이번 여름에도 아내는 에어컨 없는 주방에서 더운 여름을 나야 한다. 남편인 나 또한 아내가 에어컨을 좋아하는지를 알면서도 주방 에어컨 설치를 챙기지 못했다. 말하자면 디테일이 부족했던 것이다. 나는 아내와는 달리 에어컨을 가능하면 켜지 않고 지내는 편이다. 아내와 나는 체질로 말하자면 완전 정반대이기 때문이다. 아내는 밤에도 창문을 열고 자는 게 편한데 나는 추위를 잘 타 그렇지 못하다. 집에 대한 설계와 시공을 상의한 건축가와는 이야기를 나누면서 서로 공감하는 부분이 쉽게 전달되었다. 반면 아내와는 서로 체질이 달라 공감하는 부분이 서로 간에 약했던 것이다. 이번 여름에는 어떻게든 주방의 에어컨 설치를 해결해야 할 것 같다.

집을 지을 때 설계도를 받고 적이 당황스러운 일이 있었다. 내가 지금 살고 있는 집은 이른바 도심형 한옥이다. 도심형 한옥은 시골의 한옥과 달리 좁은 대지에 집의 기능을 집적하게 된다. 하나의 지붕 아래에 방과 부엌, 거실 여기에 정자의 기능까지 갖추게 된다. 그러다 보니 한 평이 아쉽다. 설계도를 받아보니 대문의 위치가 길에서 한 평이 넘을 정도로 마당 쪽으로 들어와 있었다. "대표님, 아니 그러잖아도 좁은 대지인데 왜 한 평이 넘는 땅이 대문 바깥으로 나갔잖아요. 대문을 더 바깥으로 바짝 붙여야 하는 게 아닌가요?" 당시 분양가로 환산할 때 한 평이면 700만 원이었다. 그 부분만큼 쓸모없게 만들었다고 생각했다.

그런데 그게 아니었다. 집을 다 짓고 대문을 달고 난 후에 알았다. 한 평 들여 대문을 달았더니 집의 품격이 달라 보였다. 골목길에서 바짝 붙어 있는 다른 집 대문들과 확연하게 차이가 났다. 대문을 골목길에서 2미터 정도 마당 쪽으로 내면 우선 골목길에서 불쑥 달려오는 차량의 위험으로부터 안전한 공간이 확보되었다. 대문간에 서서 잠시 배웅하거나 마중하는 사람과 담소를 나눌 수 있는 공간으로도 활용할 수 있었다. 한 평을 내어주자 상상했던 것 이상으로 대문의 격이 달라 보였다. 대문은 집의 첫인상을 좌우하는 기호이기도 하다. 한 평을 대문 밖 골목 쪽으로 내어준 것은 우리집 설계도에서 제2의 신의 한 수였다.

반면에 한 평 정도를 내어주고 지금도 억울한 마음이 드는 게 있다. 바로 담장을 골목길에서 10센티미터 정도 들여서 만들었기 때문이다. 시공사 대표님은 이 마을에 짓는 한옥의 모든 담장은 골목길 경계에서 10센티미터 정도 들여서 시공해야 한다고 했다. 담장을 짓고 난 후에 다른 집을 둘러보니 이를 지킨 집보다 안 지킨 집이 더 많았다. "아이고, 대표님, 10센티미터만 더 바깥으로 담장을 내었다면 우리 마당이 조금이라도 커졌을 텐데, 대표님만 법을 지켰어요!" 이렇게 투덜거렸더니 "그래도 법은 지켜야지요!"라고 한마디로 일축했다. 집을 지을 때도 '기본에 충실하는 것이제1원칙이라던 대표님답다'고 핀잔 아닌 핀잔을 주었다.

우리집처럼 다들 담장을 10센티미터 정도 들여서 짓지 않는 바람에 4미터 골목길은 그야말로 조심 운전을 하지 않으면 언제 담장을 스칠지 아찔하다. 커브길이 있는 담장을 지날 때는 더욱 조심 운전을 해야 한다. 이 모두가 기본을 지키지 않고 담장을 시공했기 때문이다. 10센티미터 정도 들여서 담장을 시공하면 전체적으로 담장이 차지하는 면적은 한 평 정도는 될 것이다. 결국 규정을 지킨 사람만 손해 보고 있다는 생각을 들게 하는 것은 어딘가 잘못된 세상이다. 10센티미터 정도 들이기가 지켜지지 않기 때문에 우리집 골목길은 대형 소방차가 다닐 수 없다. 결국은 우리 모두가 피해자가 된 셈이다. 10센티미터 들여 담장 짓기는 건축주들이 제대로 지키지 않아 '신의 악수(惡手)'가 되고 있다.(『한국수필』, 2023년 8월호)

나훈아 콘서트

"어무이*가 좋아하는 이미자의 〈섬마을 선생님〉 들려드릴게요." 어머니는 표정없이 스마트폰 화면을 뚫어져라 쳐다보신다. 노래가 생소한 듯 별 반응이 없다. 화면에 나오는 가수가 누구인지도 모르는 표정이다. 다만 아무 말 없이 화면 속을 응시할 뿐이다. 요양병원에 계신 어머니는 예전의 엄마가 아니다.

이미자나 주현미의 노래를 듣는 것은 어머니의 유일한 오락이었다. 돌이켜 생각해보니 그때 본가(本家)의 어머니는 채 오십도 안 되셨다. 대학에 다닐 때 방학이면 본가에 갔다. 늦가을 저녁이면 어머니는 밤을 삶아주셨다. 그게 오랜만에 대처(大處)에서 돌아온 어머니의 자식 사랑이었다. 안방에서는 〈신사동 그 사람〉이 흘러나왔다. 본가에 오기 전에 작은 카세트 오디오와 주현미 메들리의 음반 테이프를 사 왔다. 홀로 계신 어머니가 무료할 때 노래라도 듣게 해주고 싶었다. 카세트는 외로운 어머니에게는 작은 위안이 되어 주었을 것이다. 그 이후에도 몇 번 테이프를 사다 드렸다.

지난해 마지막 날 나훈아 콘서트를 다녀왔다. 콘서트 말미에 나훈아는 티케팅을 어렵사리 예매해주고 공연이 끝나는 시간에 맞춰 바깥에 기다리고 있을 자식들에게 고마워하시라고 살뜰한 조언을 했다. 나훈아 콘서트 티케팅은 그야말로 전쟁이다. 예매 오픈 시간에 정확히 맞춰 사이트에 접속하면 이내 수많은 대기자를 뚫어야 하는 예약 전쟁을 치러야 한다. 예매에 성공하면 절로 모르게 환호성을 지른다. 예매 당일 아들에게 예매를 맡겼다가 혹시 몰라 나도 예매 전선에 뛰어들었다. 용케도 예매에 성공했다. 들뜬 마음에 아들에게 전화했더니 예매를 못 했다고 겸연쩍어했다. 예매 전선에서 패잔병이 된 아들은 그만 불효자 신세가 된 것이다.

나훈아 콘서트 관객은 대부분 부모 세대들이다. 60대 이후는 디지털 예매 환경에 취약하다. 이때 자식의 힘을 빌리지 않으면 콘서트조차 언감생심(焉敢生心)이다. 말하자면 자식에게 '디지털 케어(digital care)'를 받아야 한다. 자식에게 부탁할 때 "네, 아빠, 제가 해볼게요. 걱정하지 마세요!" 이런 답을 들으면 자식 키운 보람이 있다. 사는 맛이 절로 난다. 다른 사람들에게 마구 자식 자랑을 하고 싶어진다.

자녀들이 가세하는 나훈아 티케팅 예매 전쟁을 보고 문득 부모가 어린 자녀를 유치원에 보낼 때 진풍경과 닮아 있다는 생각이 들었다. 더 좋은 유치원일수록 입소 경쟁이 치열하다. 젊은 엄마는 아이를 더 좋은 유치원에 보내기 위해 발품을 팔고 기나긴 입소 대기를 치르기도 한다. 유명한 유치원은 아이가 태어날 때 입소 대기 명단에 등록하기도 한다. 이게 지난한 '육아 케어'의 시작이다. 아이를 유치원에 보낸 부모들은 아이가 유치원을 마칠 때쯤 유치원 앞으로 달려가 종종걸음을 하며 나오는 아기를 픽업해오는 수고를 마다하지 않는다.

나훈아 공연을 마치고 나오는데 바깥 넓디넓은 홀은 수백 명의 '젊은 인파'들로 북새통이었다. 나훈아의 코멘트를 듣지 않았다면 이게 무슨 난리법석인지 몰랐을 것이다. 콘서트장마다 진풍경을 보아온 나훈아가 미리 언질했듯이 이들은 다름 아닌 노부모를 픽업해가기 위해 기다리고 있는 자식들 가족이었다. 거동이 힘든 노부모들이 혹여 콘서트장은 잘 찾아들어 갔는지, 무슨 불상사는 없었는지 궁금해하는 수많은 눈들이 반짝이고 있었다. 그 광경은 뭉클한 감동을 주었다. 어느새 노부모들은 보살핌을 받아야 하는 '아이'들로 되돌아가고, 반면 보살핌을 받던 아이들은 어엿한 젊은 부모가 되어 있었다. 콘서트 밖의 홀 풍경은 유치원 밖에서 아이를 기다리는 엄마들의 마음으로 가득했던 것이다. 마치 아이가 유치원에 다닐 때 하나하나 살뜰히 챙기면서 모든 뒷바라지를 마다않는 부모의 역할을 하고 있었던 것이다. 2, 30년 만에 어느새 역할이 뒤바뀐 것이리라. 세월은 속절없이 지나가고 자식들을 위해 종종걸음을 쳤던 엄마들은 이제 아기들이 '펭귄 걸음'으로 유치원에 향했던 것처럼 조심조심 공연장 나들이를 하고 있는 것이다.

나훈아 콘서트가 있어 부모 세대들은 행복하다. 옛 기억을 불러주고 고향을 갈 수 있게 하고 잊었던 이웃들을 만나게 해줄 수 있어서다. 젊은 날 떠나온 본가를 생각하고 본가의 젊은 엄마와 아부지를 떠올리며 그 시공간을 함께 한 나

날들 속으로 잠시 초대해주어서다. 그래서 나훈아는 콘서트 초반에 〈고향으로 가는 배〉를 서둘러 불렀을까. 그리고 눈 깜짝할 사이에 흘러간 인생을 위로해주기 위해 콘서트 말미에는 〈공(空)〉을 불렀을까. '띠리 띠리띠리 띠띠~' 후렴 부분을 예닐곱 번 반복하면서 소통하고 공감을 자아내게 한 것은 배고픈 시절 자식을 키우며 묵묵히 살아온 노부모들의 노고와 애달픔의 세월을 위로해주기 위해서였을까. 노랫말처럼 너나없이 미련하고 바보처럼 살아온 그 세월을 말이다.

　나훈아 콘서트 밖 홀의 진풍경을 보면서 요양병원에 11년째 누워계신 어머니가 생각났다. 나도 저 자식들의 대열에 끼어 어머니를 기다리고 있다면 얼마나 좋을까……. 그나마 펭귄 걸음으로 아들네 나들이를 했을 때 숯가마 사우나에 함께 갔다 혹시 욕탕에서 넘어지지나 않을까, 문밖에서 기다리며 노심초사했던 기억이 떠올라 새삼 위로가 되어 주었다. 아내는 콘서트를 보며 뜬금없이 눈물이 절로 났다고 했다. 가왕의 콘서트를 다녀오면서 이런 말이 떠올랐다. The show must go on!** (『한국수필』, 2024년 3월호)

＊＊ 나훈아는 2024년 2월 27일, 오는 7월 전주 공연을 마지막으로 은퇴를 선언한
　　다고 공식 발표했다.

집으로 가는 길

골목으로 아들이 들어섰다. 아버지는 마음이 환해졌다. 늠름한 군인이 되어 첫 외박을 나온 아들은 집을 한번 올려다보며 성큼성큼 걸어왔다. "여보, 아들이 왔어. 이제 안심해요!" 마음을 졸인 아내는 아들 걱정에 병이 날 지경이었다. 아들은 아버지가 지은 새집에 입주한 지 달포 만에 집을 떠나야 했다. 그렇게도 가기 싫어하던 군 입대를 위해서였다.

육군훈련소에 입소하던 날 아들은 내내 극심한 스트레스로 마치 넋 나간 얼굴이었다. 아버지는 마지막 입소 관문을 넘기 전에 아들의 손을 잡았다. 움켜쥔 차가운 손에는 땀이 찼다. 그렇게 떠나보낸 아들이 처음으로 하룻밤 외박을 받아 집에 돌아온 것이다. 아들은 잠시 방이 어색한 듯했지만 이내 편안해졌다. 그토록 오고 싶었던 집에 돌아왔다는 안도감 때문이리라.

아들은 훈련소에서 스트레스를 참지 못하고 하마터면 훈련을 포기하고 집으로 돌아올 뻔했다고 말했다. 그 말을 듣는 것만으로도 아버지는 가슴이 덜컥 내려앉았다. 그런데 기적이 일어났다. 아들은 아빠와 엄마가 함께 훈련소 내 성당에서 쓴 손편지를 전해 받고 마음을 고쳐먹었다고 한다. '그래, 부모님을 생각해서라도 견뎌내자!' 결국 아들은 견뎌냈고 첫 휴가를 받아 집에 돌아온 것이다. 그날 대문이며 마당, 대청, 창들과 방도 아들의 무사 귀가를 반겼으리라! 아들은 다음날 오후 군화 끈을 질끈 동여매고서 집을 나섰다. 다시 돌아올 날을 손꼽으며……

아버지는 새집을 짓고서 담장 뜰에 먼저 대추나무를 심었다. 이듬해 늦가을 휴가 나온 아들은 마당의 대추를 땄다. 심은 첫해에는 잘 열리지 않는다던 대추가 주렁주렁 열렸다. 아들은 대추차를 미처 마실 새도 없이 휴가가 끝나 군대로 돌아갔다. 아버지는 이른 봄날 아들을 기다리며 대추나무 옆에 배나무 한 그루를 심었다. 이내 하얀 배꽃이 피었다. 배꽃이 작은 열매를 맺던 오월에 아들은 기나긴 18개월의 복무기간을 마치고 무탈하게 귀가했다. 아들에게 군 생활의 막막한 기다림을 견뎌내게 해준 것은 어쩌면 돌아갈 집이 아니었을까, 아버지는 그렇게 생각했다.

토요일 오후, 중학교 수업을 마친 아들은 한 시간 넘게 산골 신작로를 터벅터벅 걸어 집을 향해 가고 있다. 친구들과 무료함을 달래느라 목청껏 유행가를 부르기도 한다. 저 멀리 마을이 보이고 강 건너편 익숙한 집이 눈에 들어왔다. 야트막한 산 아래에 초등학교가 있고 그 바로 옆에 집이 있다. 아들은 서둘러 눈길을 돌려 집 앞 들녘을 바라본다. 추수를 앞둔 논에서 일하는 아버지의 모습이 한 점 풍경으로 들어온다. 아들은 집에 가면 쇠꼴을 하러 가야 할까 봐 짐짓 발걸음을 느릿느릿 걸어본다.

아버지는 아들이 태어나기도 전에 초등학교 옆에 집을 짓고 이사를 했다. 지금 생각해보면 아버지의 집짓기는 '맹부지교(孟父之敎)'의 실천이 아니었을까 생각해본다. 아버지는 5남매를 두었는데 모두 일곱 살에 초등학교에 입학시켰다. 또 '배워야 산다'는 말씀을 귀에 못이 박이도록 들려주셨다.

아들은 중학교를 마치고 진주로 떠났다. 그 후 아들은 마치 군인처럼 휴가를 다녀오듯 방학이면 집에 다녀갔다. 장맛비가 내리던 여름날, 아버지는 '아들은 계속 공부시켜야 한다'는 유언을 남기고 세상을 뜨셨다. 아들은 서울로 옮겨 배움을 계속했다. 아버지가 지은 집은 댐 건설로 수몰이 되었다. 아들은 더 이상 돌아갈 집이 없어졌다.

아들은 아버지가 되었고 아들이 태어났다. 내 집 없이 이 아파트 저 아파트 옮겨 다녔다. 아버지는 고향 집을 떠난 이후 몇 번이나 이사를 했는지 헤아려보니 무려 서른두 번이었다. 아버지는 집을 짓기로 했다. 아버지는 아버지가 그랬듯이 '아버지의 마음'을 본받아 집을 짓기로 마음먹었다. '집짓기는 단순히 구조물을 올리는 게 아니라 가족을 생각하는 아버지의 마음이 깃들어야 한다.' 아버지의 마음은 바빠졌다. 아버지는 2년 동안 분주하게 집을 지어 마치 자신을 닮은 듯한 집을 완성했다. 그리고 아들에게 의미 있는 집으로 기억할 수 있게 당호를 엄마 아빠의 이름 가운데 자를 따서 지었다.

아버지는 새집에 살기 시작하면서 최근 읽은 알랭 드 보통의 『행복의 건축』의 한 구절을 떠올렸다. "집은 연애가 시작될 때 관여했으며, 숙제하는 것을 지켜보았으며, 포대기에 푹 싸인 아기가 병원에서 막 도착하는 것을 지켜보았으며, 한밤중에 부엌에서 소곤거리며 나누는 이야기에 깜짝 놀라기도 했다."* 아버지는 이 글귀처럼 이 집에서 일어날 행복한 일들이 집안 곳곳에 새겨지고 오래도록 축적되기를 기도하고 소망했다.

아들은 모스크바로 유학을 가게 되어 며칠 후면 다시 집을 떠난다. 아버지는 '배워야 산다'고 좌표를 찍어주던 가난한 농군 아버지가 들려준 이야기를 먼 길 떠나는 아들에게 되새김해 주었다. 아버지는 그 좌표가 아들에게도 실행되고 있다는 생각이 들어 안도했다.

올해 대추는 아직 채 익지 않았다. 아들은 대추 수확도 못 보고 대추차도 먹어보지 못한 채 또 집을 떠난다. 그 생각을 하자 아버지는 잠시 쓸쓸해진다. 문득 갈 수 없는 고향집 마당의 평상이 생각났다. 아버지는 아버지를 생각하며 마당의 평상에 누워 하늘을 보았다. (『한국수필』, 2019년 11월호)

* 알랭 드 보통, 『행복의 건축』, 2007, 이레, 10쪽.

제2부

우리 모두는 집으로
돌아가는 중이다

우리 모두는 '본가'로
돌아가는 중이다

"우리는 모두 집에서 왔고, 집으로 가고 있다." 미국 작가리 캐롤의 우화 소설 『집으로 가는 길』 표지에 적힌 문장이다. 이 소설에서 천사는 병실에서 깨어난 주인공 마이클에게 "인생에서 정말로 원하는 게 뭔가요?"라고 묻는다. 마이클은 골똘히 생각하다 "집(Home)에 가고 싶어요!"라고 대답한다. 마이클이 험난한 여정에 지쳐 집에 돌아오자 아버지는 아들(탕자의 비유)을 사랑으로 껴안아 준다. 소설에서 '집'은 우리 모두가 맨 처음 떠나온 바로 그곳이자, 끝내 돌아갈 곳으로 그려진다.

부모와의 불화 끝에 집을 떠난 이들에게 집은 마지막 구원의 거소이자 안식처로 묘사되기도 한다. 김다경의 신작 「유년의 향기」*에서 주인공 미림은 미국 유학을 준비하다 영어 강사와 사랑에 빠져 부모의 반대에도 아랑곳하지 않고 결혼해 미국으로 떠난다. 결혼생활은 이내 파경을 맞고 아들 둘을 데리고 힘겹게 살아간다. 심장병 수술도 받는다. 그녀는 힘겨울 때면 고향집을 떠올리곤 한다. 집을 떠난 지 30년이 지나서야 미림은 기진맥진한 채 귀국하고 바로 본가로 향한다. 그러나 집은 화재로 타버려 흔적조차 없다. 미림은 컨테이너 하우스를 들이고선 밤낮을 가리지 않고 수면 속에 빠져든다. 9월 막바지 더위가 한창이라 컨테이너 속은 찜질방 수준이었지만 미림은 더운 줄도 모르고 잠만 잔다.

컨테이너 하우스로 고모며 당숙모며 친척이나 어르신들이 찾아와 한 시간이고 두 시간이고 얘기 보따리를 풀었다. 한때 면장이었던 아버지가 마을을 위해 얼마나 많은 일을 했는지 미림에게 들려주었다. 마을로 들어오는 길을 넓혀준 일, 마을창고를 지어준 일, 마을버스가 마을회관 앞까지 들어오게 한 일 등 미림으로서는 처음 듣는 얘기였다. 돌아가신 아버지의 생전 선행에 대해 듣는 것만큼 자식으로서 더 기쁜 일이 있을까. 미림은 비로소 소생의 기운을 느낀다.

우리나라는 수천 년 동안 이어져 온 정주(定住)의 풍경이 있다. 마을마다 마당을 품은 기와집들과 초가들이 어우러져 살아왔다. 마을마다 어디쯤엔가는 집을 떠나간 이들의 집이 한두 집 있었다. 어릴 때 함께 살았던 부모님의 집을 성인이 된 자녀는 '본가(本家)'라고 부른다. 나도 대학에 다닐 때 집에 편지를 쓰거나 고향집에서 편지를 친구에게 보낼 때 '본가'라고 적곤 했다.

나의 본가는 남향에 ㄷ자 기와집으로 안채는 대청과 큰방, 작은방으로 이루어져 있었다. 마당 앞에는 탱자나무 울타리가 있었는데 가을마다 탱자가 주렁주렁 열렸다. 아버지가 스물세 살 때쯤 당시 옥계국민학교 바로 옆에 지었다. 말하자면 아버지는 결혼 전에 내 집 마련을 해놓은 것이다. 옥계국민학교 소사로 재직하셨던 아버지는 박봉을 모으고 더 많은 땀을 흘리시면서 집을 지으셨을 것이다. 안채 오른쪽에는 잠실, 왼쪽에는 축사 겸 사랑채, 잠실 앞쪽에는 학용품과 과자를 파는 '점빵'이라고 불린 구멍가게가 달려 있었다. 여름철이면 복숭아과수원에서 재배한 복숭아를 점빵에서 팔았다.

"한번은 저를 부르시더니 점빵에서 복숭아를 가져와 한 바구니 안겨 주셨어요. 제 아버지가 은사라며 그 은혜에 조금이라도 보답한다면서 말이죠." 최근에 고향 친척분을 집으로 초대해 점심 식사를 했는데 알고 보니 부인이 본가 뒤쪽 재너머 사람이었다. 예순 중반이 된 지금 유년 시절 아버지의 복숭아 선물에 대해 생생하게 들려주었다. 나의 선친은 집 옆의 초등학교 1회 졸업생이신데 은사의 은혜를 잊지 않고 그 따님에게 복숭아를 주셨다는 것이다.

살아가다 가끔 눈시울을 붉힐 때가 있는데, 다름 아닌 돌아가신 아버지나 병상에 계신 어머니에 대한 이야기를 들을 때다. 선견지명이 있고 인정이 많았다거나 심성이 고우셨다거나 하는 이야기 말이다. 지난해에는 우연한 기회에 아버지 친구분 병문안을 간 적이 있는데, 당신들의 젊은 시절 이야기를 격의 없이 들려주셨다. 마치 아버지를 다시 만난 듯한 기분이었다.

아버지가 지은 고향집을 떠올리면 가슴이 애잔해지고 먹먹해진다. 고향집이 더 이상 존재하지 않기 때문이다. 고향집은 1987년 합천댐이 건설되면서 수몰되었다. 고향에 가면 호숫가에 서서 저 건너 어디쯤에 있을 것으로 상상하며 고향집을 떠올려보곤 한다. 아주 가끔 수위가 낮아지면 집으로 가던 '공중다리'(현수교)의 콘크리트 구조물이며 집터가 다시 수면 위로 드러나곤 한다. 지난가을에는 집터에 갔다 집 앞 논둑길이며 우물터를 발견했다. 우물가에는 그 오랜 수몰의 시련을 이겨내고 작은 돌이 타원형을 그리며 머물러 있었다. 잃어버렸던 물건을 찾은 것마냥 반가운 마음에 가져왔다. 현재 채효당의 마당 수돗가에 놓아두고 있다.

고등학교나 대학에 다닐 때 가을날 집에 가면 어머니는 알밤을 삶아주셨다. 어머니는 '빵떡'**을 만들어주셨는데, 광주리 가득 담아 놓으면 어느새 없어졌다. 나는 삶은 밤과 빵떡을 먹을 때 비로소 집에 돌아온 기분이 들었다. 삶은 밤이나 빵은 고향집과 어머니를 이어주는 매개물이다.

고향집이 수몰되면서 나는 더 이상 돌아갈 본가가 없어졌다. 그래서인지 나는 집에 대한 애착이 남다르다. 달리 말하면 새로운 고향집이 필요했는지 모른다. 수몰로 고향집이 사라진 때문인지 집을 짓는다면 더 이상 집이 사라지는 곳에 지어서는 안 된다고 생각하곤 했다.

2014년 10월 초, 은평한옥마을에 땅을 매입한 것이 계기가 되어 북한산 자락에 꿈꾸던 집을 짓게 됐다. 한옥마을 부지라 이곳에 집을 지으면 수몰되거나 강제 철거를 당하는 일은 없겠다는 생각이 우선 들었다. 한옥마을 부지 인근 아파트에 전세살이를 하고 있었는데 산책하다 미분양 현수막을 보고 부랴부랴 급전을 조달해 매입을 했다. 이렇게 해서 2017년 은평한옥마을에 49평 대지에 '도심형 한옥'(작은 대지에 여러 공간 기능을 압축해놓은 한옥)으로 지하 1층에 지상 2층 한옥을 짓게 되었다. 아내와 나의 이름 가운데 한 자를 따 '채효당(采孝堂)'으로 당호도 지었다. 상량식을 하던 날, 아내와 나는 누구나 편안한 마음으로 대문을 열고 들어오고 싶은 집이 되기를 소망했다. 집이 만만해야 사람이 쉬 깃들일 수 있을 것이란 생각에서다. 또 아파트에 살면서 단절된 인연의 끈들을 다시 이어주는 매개 공간이 되기를 소망했다.

2017년 9월 중순, 아들을 군대에 보내야 했다. 부랴부랴 준공도 하지 못한 새집을 배경으로 가족사진을 찍었다. 한동안 집에 오지 못할 아들에게 힘든 군 생활을 이겨내게 해주는, 가족의 따스함을 느끼게 해주고 싶었다. 시골에서 자란 탓에 나는 아버지가 계신 가족사진이 없다. 가족사진은 어머니 회갑 때 찍은 사진이 유일하다.

아버지는 집 둘레에 감나무와 배나무를 심으셨다. 탱자

울타리를 하고 남새밭 둘레에는 구기자를 심었다. 아들은 가을이면 배를 따서 먹고 겨울날이면 두지(뒤주)에 보관해놓은 차가운 홍시를 꺼내 먹곤 했다. 나는 집을 지으면서 좁은 마당 한 편에 대추나무를 심었다. 심은 첫해에는 잘 열리지 않는다던 대추가 주렁주렁 열렸다. 늦가을날 휴가 나온 아들이 첫 대추를 수확했다. 아들은 제대한 그해부터 10월이면 대추 수확하는 일을 맡고 있다. 아버지가 간직한 본가의 추억처럼 아들도 본가에서의 추억이 많았으면 좋겠다. 그런 생각 때문이었는지 나는 채효당 공사의 첫 삽을 뜰 때 아들에게 착공 고사(告祀)를 지내게 했다. 나는 볼일이 있다며 일부러 고향집에 가면서 집을 비워 주었다.

나는 채효당이 새로운 '정주'의 공간이었으면 좋겠다. 노마드 시대에 그것도 도시에서 정주의 공간을 꿈꾼다는 것은 사실상 불가능하다. 그럼에도 불구하고, 채효당이 부모님의 고향집처럼, 그리고 내가 고향집을 기억하며 부모님을 그리워하는 것처럼, 나의 아들도 이 한옥을 매개로 부모를 떠올리고 부모와 함께 살던 시간들을 추억해주었으면 좋겠다. 훗날 부모가 이 세상에 존재하지 않을 때 소설 속 미림처럼 지친 심신을 끌고 찾아와 안식을 구하고 소생의 힘을 얻을 수 있는 그런 본가 말이다. 그런 소망을 담아 집을 완공하던 날 처마에 풍경(風磬)부터 달았다.

　본가가 그리운 것은 그곳이 아버지 어머니와 함께 살던 집이기 때문일 것이다. 부모님의 기쁨과 한숨이 깃들어 있기 때문일 것이다. 자식의 탄생을 축복하고 잘 자라기를 염원하던 곳이기 때문일 것이다. 그런 까닭에 리 캐롤의 문장은 수정해야 하지 않을까. "우리는 모두 본가에서 왔고, 다시 본가로 가고 있다." 본가에는 어머니가 아버지가 대문 앞에서 나를 기다리고 계실 것만 같다. 그런데 아파트 대세 시대에 본가는 본가로 가는 길은 어디일까.(『한국수필』, 2022년 3월호)

* 『월간문학』, 2021년 11월호.
** 엄마표 빵으로 요즘 '술빵'보다 밀도가 더 있다.

오래된 민가의 향기

오래전 직장생활을 할 때다. 20여 년 전 어느 봄날, 사내 불자회에서 영월 법흥사로 탐방 여행을 간다기에 따라나섰다. 영월 어디쯤에서 차창 밖을 내다보니 폐가가 된 집 뒤꼍에 꽃이 흐드러지게 피어 있었다. 그날따라 봄 햇살이 따사로웠는데 마치 한 폭의 수채화처럼 보였다. 문득 그 집에서 살던 이들은 지금 어디에 있을까, 그들은 봄마다 꽃피던 길가의 고향집을 그리워하고 있을까. 그런 생각이 들자 왠지 모를 슬픔이 밀려왔다.

불교에서는 모든 것이 무상하다고 한다. 군이 불법(佛法)으로 말하지 않더라도 세상 그 어떤 것도 영원불멸하는 것은 존재하지 않는다. 집도 무상의 질서에서 벗어나지 못한다. 길가의 농가는 가족이 떠나고 시나브로 허물어졌을 것이다. 한적한 시골에서 소박한 삶을 살아가던 가족은 떠나지 않으면 안 되었을 곡절이 있었을 것이다. 집을 떠날 때까지 얼마나 많은 불면의 밤을 보냈을까. 마지막 밤을 보내고 떠날 때 그들이 밤새 뒤척였을 아랫목은 아직 온기가 남아 있었을 것이다. 집은 떠나간 사람을 원망이라도 하듯이 허물어져 갔지만 뒤꼍의 꽃들은 철마다 피고 졌다. 마치 떠나간 가족이 집을 기억하기를 소망이라도 하듯이 말이다.

안동에는 우리나라에서 가장 오래된 민가인 임청각(臨淸閣)이 있다. 1519년에 지어져 500년을 견뎌온 임청각의 기둥에는 보수한 흔적들이 마치 무늬목처럼 박혀 있다. 높고 큰 집이라는 의미의 '각'이라는 당호에서 알 수 있듯이 임청각은 규모가 큰 집이다. 임청각의 건물 배치에는 신분사회인 조선시대의 위계 구조가 고스란히 반영되어 있다. 현재 임청각은 안채(안주인의 거처)와 바깥채(바깥주인의 거처), 사랑채, 안 행랑채(여자 하인의 거처), 바깥 행랑채(남자 하인의 거처) 등 50여 칸(한 칸은 가로와 폭이 각각 3미터가 기준)이 남아 있다.

2005년 겨울 어느 밤, 나는 임청각에서 하룻밤을 묵은 적이 있다. 밤늦게 도착해 어느 방으로 안내되었는데 여독 때문인지 이내 잠이 들었다. 평소 잠자리에 들면 한 시간 정도 뒤척이다 자기 일쑤인데 그날은 웬일인지 숙면이었다. 잠자리에서 깨어난 아침, 나는 너무나 작은 방의 규모에 깜짝 놀랐다. 방에는 조그만 서탁이 전부였다. 서탁을 앞에 두고 혼자 앉아 있어도 방이 꽉 차는 느낌이었다. 개다리소반에 정갈한 아침 밥상을 받았다. 작은방은 그야말로 모든 것이 나를 위해 존재하는 것만 같다는 생각이 들었다. 작은방이 이토록 편안하고 아늑할 수 있을까. 그리고 이런 대저택에 이토록 소박하고 작은 방이라니! 문득 의문이 들었다.

임청각은 오래된 내력만큼이나 수많은 사연들이 깃들어 있다. 무엇보다 임청각은 독립운동가의 집안으로, 상해임시정부 초대 국무령을 지낸 석주 이상룡(1858~1932) 등 무려 아홉 분이나 되는 독립운동가를 배출했다. 석주는 경술국치를 당하자 쉰네 살이던 1911년 겨울, 50명에 이르는 전 가족을 데리고 서간도로 망명길에 올라 신흥학교를 세우고 독립운동에 헌신했다. 임청각에는 귀가 솔깃해지는 이야기가 회자된다. 세 명의 재상이 배출된다는 '영실(靈室)'

이 있다. 방 앞에 우물이 있다고 해서 '우물방'이라고 이름 붙여진 이 영실에서 임신을 하고 태어나면 비범한 인물이 된다는 것이다. 석주 이상룡과 대원군 때 좌의정을 지낸 류후조가 이 방에서 태어났다고 한다. 아직 한 명이 남은 셈이다. 바로 우물방이 내가 임청각에서 숙면을 취한 그 방이었다.

나는 지난겨울 임청각을 다시 찾았다. 안방에서 따뜻한 차를 대접받았다. 부엌에 연결된 방이어서 아마 새댁의 거처였을 것이다. 안방은 장지문으로 연결된 두 개의 작은 방이었다. 장지문을 닫으면 안쪽은 내밀한 공간이 된다. 숨죽여 해야 할 이야기가 있을 때는 장지문을 닫지 않았을까. 차를 마시면서 문득 1911년 엄동설한에 임청각 사람들이 만주로 떠나는 장면이 오버랩되었다. 젊은 안주인은 떠나기 전까지 수많은 밤들을 불면 속에 보냈을 것이다. 누대로 살아온 거처를 버리고 그것도 혹한의 날씨에 떠난다는 게 얼마나 마음을 시리게 했을지 짐작하고도 남는다.

"더없이 소중한 삼천리 우리 강산
선비의 의관 예의 오백년 지켜왔네

그 무슨 문명이 노회한 적 불러들여

꿈결에 느닷없이 온전한 나라 깨뜨리나

이 땅에 적의 그물 처진 것을 보았으니

어찌 대장부가 제 한 몸을 아끼랴

잘 있거라 고향 동산 슬퍼하지 말아라

태평한 그날이 오면 돌아와 머물리라"*

1911년 1월 엄동설한에 누대에 걸쳐 살아온 임청각을 떠나면서 그 소회를 「거국음(去國吟)」이라는 시에 담았다. 그러나 훗날 태평한 그날이 오면 고향에 돌아오리라는 그의 맹서는 이루어지지 못했다. 1932년 일제의 감시 속에 병든 몸으로 만주 오지마을을 전전하다 타계했다. 99칸 임청각의 당주가 말이다. 석주의 선대인 이종악(1726~1773)은 우리나라 최초의 낙동강 유람기인 『산수유첩(山水遺帖)』을 남겼다. 거기에는 1763년 4월 4일 유람을 나서면서 그린 임청각의 옛 모습이 담겨 있다. 산수유첩에 담긴 임청각은 영남산 기슭의 호숫가에 안기듯이 깃들어 있다. 이상향이 이런 곳일까 싶다. 집 앞에는 강이 흐르고 그날 유람을 함께 할 돛단배 한 척이 있다. 임청각의 당호는 "동쪽 언덕에 올라 길게

휘파람 불고 맑은 시내에서 시를 읊조린다(臨淸流而賦詩)"라는 도연명의 「귀거래사」에서 따왔다. 산수유첩에는 미처 함께 가지 못한 숙부가 이들을 전송하며 지은 시가 실려 있다. "(…) 강가에 봄이 다했다고 말하지 말게나 바위틈에 핀 꽃이 지면 녹음이 가득할지니." 그들은 당호처럼 은일을 즐기며 살았다.

이날 임청각의 그림이 은자의 유유자적하는 모습을 담고 있다면 훗날 임청각을 떠나가는 석주의 뒷모습은 우국의 굳센 향기를 드리우고 있다고 하겠다. 별당 누각의 당호가 군자정(君子亭)인 것은 이 집에 깃들어 사는 이들의 지향점을 읽게 한다. 그런데 임청각에서 유별나게 큰 공간이 있는데 바로 군자정의 대청이다. 수십 명이 회합할 수 있는 드넓은 공간이다. 나는 민가에서 이런 규모의 대청을 아직까지 보지 못한 것 같다.

임청각은 은일을 즐기다가도 국난을 당할 때면 호연지기를 발휘하며 떨치고 일어났다. 임진왜란 때가 그랬고, 경술국치 때가 그랬다. 그 비밀이 바로 군자정의 대청에 있는 것은 아닐까. 대청에는 퇴계 이황이 쓴 임청각 현판이 걸려 있다. 퇴계가 현판을 쓸 때 수많은 인사들이 그 광경을 함께

했을 것이다. 대청에는 고경명, 미수 허목 등 당대의 명사들의 글씨도 있다.

법정 스님은 생전 "아파트라는 주거공간은 서로 비슷해서로 닮아가려 한다"면서 "서로 비슷한 삶을 추구하지 말고 다른 삶을 살아라"라고 했다. 비슷한 삶은 비슷한 욕망을 추구하기 마련인 것이다. 스님은 '당신은 지금 어디에 있는 가?'라고 묻는다. 임청각 사람들은 도연명처럼 벼슬을 멀리하고 시와 글을 지으며 대대로 살았다. 관직에 나아간 이는 단 한 명뿐이고 병조정랑에 그쳤다. 임청각은 대대로 시화집과 문집을 내는 전통을 이어왔다. '비슷한 삶'이 아닌 '다른 삶'을 살았던 것이다. 무려 20대 500년에 걸쳐서 문향(文香)이 이어졌다.

"난 베를린에 가방을 하나 두고 왔어

그래서 곧 그리로 가야 해

지난날 행복은

모두 가방 속에 있는 거야

(…)

그대들이 웃을 때

난 오늘도 베를린을 생각해

베를린에 가방을 하나 두고 왔기 때문이야**

이는 나치에 저항하다 미국에 정착한 독일 출신 여배우 마를레네 디트리히가 부른 〈베를린의 가방〉의 노랫말이다. 디트리히는 여느 배우와 달리 다른 삶을 선택했고 고난이 따랐을 것이다. 석주 일가 또한 고난이 깊어질수록 얼마나 임청각을 그리워했을까.

어느 봄날 아내와 함께 남산한옥마을에 구경을 간 적이 있다. 김춘영 가옥과 민씨 가옥을 둘러보다 장지문으로 이어진 작은 방들이 유난히 눈에 띄었다. 겨우 한 사람 잘 만한 작은 방이었다. 옛집들은 큰방과 작은방이 적절하게 배치되어 있었다. 나는 5년 전 한옥을 지을 때 건평 20평(대지 40평)에 방 세 개와 식당방, 부엌, 화장실, 간이화장실, 세탁실과 계단을 배치했다. 이때 설계에 반영한 게 우물방과 김춘영 가옥의 작은방이었다. 2층은 장지문으로 작은 두 개의 방을 연결했다. 방을 작게 하고 침대를 제거하자 임청각과 김춘영가옥에서 느꼈던 옛집의 향기가 조금 살아나는 것 같았다. 삶의 향기도 조금은 다르게 느껴진다.

오래된 민가에는 그 집만의 디테일이 담긴 세월의 향기가 묻어 있다. 지금 우리가 살고 있는 집에서는 어떤 향기가 날까. 봄날 법흥사 가던 길 폐가의 뒤뜰에 핀 꽃이 왜 이리도 새삼 눈에 밟히는 걸까.(『한국수필』, 2022년 4월호)

* 안동임청각 홈페이지, 「거국음(去國吟)」 https://naver.me/xC6f3zCW
** 『중앙일보』, 2004년 4월 30일.

외가 가는 길,
유년의 뜰을 서성이며

"아무리 찾아봐도 외할무이 집이 안 보인다. 집이 한 채 있는데 아무래도 할무이 뒷집 같고 길도 얼추 맞는 것 같은데⋯⋯." 지난 4월 초에 부산에 사는 고종사촌 형으로부터 전화가 왔다. 벚꽃이 한창 만개한 주말에 벚꽃 나들이를 왔다고 했다. 외할머니가 사시던 '숲실마을'에 들러 옛 외가를 찾았는데 집이 보이지 않는다면서 여름방학이면 외가에 와서 뒷산에 소먹이를 하러 다녔던 50년 전의 이야기를 꺼낸다.

고종형이 옛 외가를 찾아 헤맸듯이 나도 외가 마을에 가면 그만 길을 잃어버린다. 지난해 폭염 속에 합천영상테마

파크가 들어서 있는 외가 마을에 갔다. 어린 시절 엄마 손을 잡고 걸었던 골목길을 더듬었다. 마을 중간쯤 정자를 지나 모퉁이를 돌면 마당 한 편에 큰 바위가 있던 초가집이 외가였는데 도통 그 골목길을 찾을 수 없었다. 유년 시절 기억의 뜰은 순박한 모습 그대로인데, 외가는 도대체 어디에 있는가! 그날 외가가 있던 골목길을 마치 미로에서 길을 잃은 아이처럼 맴돌고 있었다. 요양원에 누워만 계신 어머니와 함께 왔다면 얼마나 좋을까, 그런 생각을 했다. 어머니는 처녀적에 어린 동생들을 업고 키웠다고 했는데 이 골목길을 얼마나 맴돌았을까…….

　지난해 여름, 부동산특별조치법이 시행되어 아버지가 돌아가신 지 40년 만에 선산 상속을 했다. 그때 필요한 서류를 준비하다 제적등본을 발급받은 적이 있다. 거기에는 미처 알지 못했던 집안의 내력이 들어 있었다. 부모님의 생모인 '강(姜) 씨 할머니와 전(全) 씨 외할머니의 성함이 기재돼 있었다. 친할머니와 친외조모의 성함은 제적등본에서 처음 보았는데, 그 순간 혈육의 반가움과 함께 모종의 서글픔에 목이 메었다. 어릴 적 생모를 잃은 이후 겪어야 했던 부모님의 신산한 삶이 어른거려서다.

제적등본 서류를 보면서 한 사람이 세상에 존재하려면 기본적으로 네 개의 혈연이 얽혀 있다는 사실을 새삼스럽게 접할 수 있었다. 아버지의 외가이자 나에게 진외가에는 아버지와 함께 어린 시절 한번 걸어서 간 적이 있다. 아버지는 생모가 네 살 때 돌아가셨지만 어머니 없는 외가에 자식들을 데리고 갔다. 겨울방학 때 황매산 '백거재'를 너머 산청 소야를 거쳐 오부에 있는 진외가까지 산길 25킬로미터가 넘는 산길을 하루 종일 걸어서 갔다. 진외가 동네는 약탕기를 굽는 마을이었다. 누나는 약탕기를 이고 오다 넘어지면서 결국 다 깼다고 한다.

친가와 외가는 한 인간을 존재하게 하는 원형적(元型的) 공간이다. 유전적인 형질을 물려받는가 하면 정신과 문화도 물려받는다. 어릴 적 눈에 비친 외가며 외할머니에게 들은 이야기는 잊히지 않고 무의식까지 지배하기도 한다. 소설가 박경리는 어린 시절 외할머니에게서 들은 이야기 한 토막이 대하소설 『토지』를 잉태시킨 배경이 되었다고 한다.

"『토지』는 6·25사변 이전부터 내 마음 언저리에 자리 잡았던 이야기예요. 외할머니가 어린 나에게 들려주던 얘기가 그렇게 선명하게 나를 졸라대고 있었거든요. 그것은 빛깔로 남아 있어요. 외가는 거제도에 있었어요. 거제도 어느 곳에, 끝도 없는 넓은 땅에 누렇게 익은 벼가 그냥 땅으로 떨어져 내릴 때까지 거둘 사람을 기다렸는데, 이미 호열자(콜레라)가 그들을 죽음으로 데리고 갔지요. 삶과 생명을 나타내는 벼의 노란색과 호열자가 번져오는 죽음의 핏빛이 젊은 시절 내내 나의 머리를 떠나지 않았어요."

『토지』는 1897년의 한가위를 묘사하면서 시작되는데 여기서 외할머니가 들려준 들판의 황금색과 호열자의 죽음의 색이 배치되고 있다. "팔월 한가위는 투명하고 삽삽한 한산 세모시 같은 비애는 아닐는지. 태곳적부터 이미 죽음의 그림자요, 어둠의 강을 건너는 달에 연유된 축제가 과연 풍요의 상징이라 할 수 있을는지……."

박경리는 1926년 거제 외가에서 태어났다. 그는 유고 시집 『버리고 갈 것만 남아서 참 홀가분하다』에서 '나의 출생'을 적고 있다.

"고된 시집살이였던 그때

어머니는

어른들 저녁 차림을 하고 있던 참에

갑자기 산기가 있어

마침 그날 도정해다 놓은 쌀가마에서

쌀을 퍼 담고

친정으로 오자마자 나를 순산했으며"*

예전에는 외가에서 딸을 낳으면 이름을 '외숙'으로 짓기도 했다. 내 고종사촌 여동생도 '외숙'이다.

외가는 누군가에게는 포근한 모성의 공간으로 자리 잡고 있지만, 또 누군가에게는 생채기를 더해주는 공간이기도 하다. 나태주 시인은 전자에 해당한다. 나태주는 1945년 서천에서 태어났다. 아버지가 데릴사위여서 나태주는 외가에서 태어났다. 부모가 친가로 돌아가서도 소년 태주는 외가에 살았고 초등학교에 들어갈 때 친가로 돌아왔다.

"시방도 기다리고 계실 것이다.

외할머니는.

손자들이 오나오나 해서

흰옷 입고 흰 버선 신고

조마조마

고목나무 아래

오두막집에서."**

시인은 「외할머니」라는 시에서 "나는 참 이승에서 외할머니한테 진 빚이 많다"고 외조모의 내리사랑을 그리워한다.

이른바 '외손마을'이라 불리는 곳도 있다. 경주 양동마을이 대표적이다. 원래 양동마을은 풍덕 류씨가 살던 곳으로 류복하의 무남독녀와 결혼한 손소(월성 손씨)가 결혼 후 청송에서 처가인 양동으로 이주해 처가의 재산을 상속받아 살게 되었다. 이어 손소의 장녀와 결혼한 이번(여주 이씨)은 영일에서 처가인 양동으로 옮겨와 살게 되었다. 조선 초기까지만 해도 남자가 처가를 따라가서 사는 경우가 많았다. 이들 부부의 장남이 훗날 동방 오현에 오른 회재 이언적이다. 1491년 외가인 서백당(송첨종택)에서 태어난 이언적은 중종 때 청백리로 이름난 외삼촌인 손중돈의 가르침을 받으면서 자랐다. 외가의 문화 세례를 받은 셈이다. 나는 중학교 다닐 적에 방학이면 진주 외삼촌 집에 가곤 했다. 독학으로 공부해 교사로 재직하던 큰외삼촌은 늘 내게 용기를 북돋아주셨다.

서백당은 5백 년 넘은 향나무가 압권이다. 양동마을에 손씨 시대를 연 손소가 집을 짓고 심은 기념수이다. 서백당은 '참을 인자를 백번 쓰는 마음으로 살아라'는 의미를 담고 있다. 평지에서 약간 오르막에 지어진 서백당의 마당에 서면 마치 대자연의 한가운데에 안겨 있는 분위기를 자아낸다. 누구나 '이런 집이 외가라면!' 하고 탄식할 만하다. 서백당 아래에는 유네스코 세계문화유산으로 지정된 전통 마을답게 아직도 초가집들이 즐비하다. 예전 보통 사람들의 외가라면 대개 이런 오두막집일 게다. 초등학교 때 다니던 나의 외가도 초가집이었다. 서백당 아래 초가를 지나며 잠시 어릴 적 외가로 들어가는 기분이었다.

　초등학생 때 귀가해 보니 엄마가 보이지 않았다. 외가에 갔다고 했다. 그 길로 소년은 외가로 향했다. 집에서 10킬로미터가 훨씬 넘는 거리에 있는 외가는 강(황강)을 건너고 '서원재'라는 산 고개를 넘어야 갈 수 있는 먼 곳이었다. 강가에 도착해 보니 홍수로 '공중다리'가 떠내려가고 없었다. 옷을 벗어 머리 위에 들고 강에 들어섰다. 가운데쯤에서 물이 턱밑까지 찼다. 덜컥 겁이 났지만 무사히 강을 건넜다. 마을을 지날 때면 아이들이 시비를 걸까 두려웠다. 개가 짖고 달려올 것 같았다. 산으로 접어들었고 숨이 찼지만 고개까지 내달았다. 고갯마루에 서니 저 아래 어슴푸레 외가 마을이 보였다. 소년은 안도했다. "쪼맨한 게 여기가 어딘데 왔노?" 엄마와 외할머니가 깜짝 놀랐다. '껌딱지' 소년은 눈물을 글썽이며 엄마 품에 와락 안겼다. 50년 전의 일이지만 잠시 생각만으로 마음이 따스해진다.

그러나 외가는 또 누군가에게는 쓸쓸하고 기억하고 싶지 않은 상흔의 공간이기도 하다. 소설 『토지』에서 김평산은 최치수를 살해한 혐의로 잡혀가 사형당하고 부인 함안 댁은 목을 매 죽었다. 두수와 한복 두 아들은 동네에서 쫓겨나 함안 외갓집으로 갔다. "흠, 이제는 늙어 꼬부라져서 아마 뒈졌겠지. 흠, 외삼촌 외숙모라는 인간, 그 자심한 구박은 이루 형용할 수가 없다. 굶기를 밥 먹듯……." 김두수는 외가를 뛰쳐나와 떠돌아다니다가 만주로 흘러들어 밀정이 된다. 두수 형제 이야기는 허구에만 그치는 것은 아닐 것이다.

외가란 무엇일까. 누구에는 문학의 배경 혹은 원동력이 되어준 공간이었고, 누군가에게는 가문을 잉태하는 공간이었다. 또 누군가에게는 모진 세파를 보듬어준 공간이었지만 또 누군가에게는 서러움을 안겨준 모진 공간이기도 했다. 그리고 이제 외가를 가기 위해 넘던 고갯마루는 인적이 끊겼고 길은 사라졌다. 외가에서 자란 최원현(한국수필가협회 이사장)은 하얀 고무신을 즐겨 신었던 외할아버지를 떠올리며, "세월이 흐르고, 많은 변화가 왔음에도 옛 정은 옛 정대로 살아있는 것 같다"라며 그리운 분들을 추모한다. "아이고 내 새끼!"하며 반겨주시던 외할머니! 여러분의, 외가 가는 길은, 안녕하신가요? 그리고 외할머니 외할아버지가 되셨나요?(『한국수필』, 2022년 6월호)

* 박경리, 『버리고 갈 것만 남아서 참 홀가분하다』, 마로니에북스, 2008, 19쪽.
** 나태주, 『너처럼 예쁜 동시. 나태주 동시 따라쓰기』, 한솔수북, 2023, 112쪽.

처가에 살으리랏다

몇 년 전 가을, 큰외삼촌 발인날 장지에서 장례식이 끝나고 인사를 나누다 돌아가신 선친과 연세가 비슷한 분이, "네가 그의 아들인가?"라고 반가이 물으셨다. 선친과 비슷한 연배여서 아버지가 처가 나들이를 할 때면 반가이 술잔을 주고받으며 우정을 쌓으셨던 것 같았다. 다시 찾아뵙고 인사드리며 지난 시절의 이야기를 듣고 싶었는데, 찾아뵐 방도가 없어 아쉬움만 남을 따름이다. 머지않아 아버지를 기억하는 분들을 다시 뵙기는 힘들 것이다.

"부모님 중매를 누가 섰는지 아실 수 있는 분은 이제 큰집 형수님밖에 없는 것 같아요. 누가 중매를 섰는지 형수님께 한번 여쭤봐 주세요." 집안 장조카에게 전화했더니 외출 중이라며 집에 들어가서 어머니께 여쭙고 전화를 주겠다고 한다. 큰집 재종 형수님은 어머니보다 조금 일찍 결혼해 고향 마을에서 함께 사셨다. 요즘은 부모님 세대 친척들은 거의 다 세상을 떠나시고 살아계신 분들은 손에 꼽을 정도다. 이내 전화가 왔다. 어머니 친정 마을로 시집을 가신 당고모께서 중매를 섰다고 하신다. 예전에 친인척 인연은 이렇게 이어지곤 했다.

안동 하회마을과 비슷한 형상으로 유명한 영주 무섬마을에는 '주실 고택'이 있다. 주실 고택이란 이름에서 알 수 있듯이 이 집은 영양의 주실 마을과 인연이 있는 집이다. 주실 마을은 조지훈 시인의 생가가 있는 곳으로 이름나 있다. 주실 고택을 찾은 날은 때마침 주인장 김한직 씨가 서울에 출타 중이었다. 주실 고택은 조지훈 시인의 고모 댁이다. 예전에는 성장기 아이들이 고모 등 친인척이 사는 타지역을 방문하는 게 하나의 문화였다. 외부 세계를 구경하는 기회가 친인척을 방문하는 시간이었다.

조지훈 시인도 고모 댁을 때마다 방문했다고 한다. 그러다 시인은 무섬마을에 장가들었다. 시인이 스무 살 때인

1940년 8월에 독립운동가인 김성규의 딸 김위남과 결혼했다. 아버지를 중매한 당고모 생각이 문득 들어 김한직 씨에게 물었다. "혹시 중매 선 분이 시인의 고모 아닌가요?" "네, 맞습니다. 조지훈 시인의 고모는 제 할머니이신데 할머니가 중매를 섰지요." 조지훈은 아내의 이름이 남자 같아서 '난희'라는 애칭을 지어주었다. 지훈은 결혼 이듬해인 1941년 혜화전문학교를 졸업하자마자 봄날 신혼의 아내를 남겨두고 오대산 월정사로 들어가 버렸다. 일제의 탄압을 피해 외전강사로 가면서 아내를 처가에 남겨두고 떠난 것이다. 그때 처가에 남은 아내의 마음을 오래 묵혀 두었다가 1956년 5월에 「별리」라는 시를 지었다. 이 시의 관점이 특이하게 시인이 아니라 아내인 까닭이다.

"푸른 기와 이끼 낀 지붕 너머로
나즉히 흰 구름은 피었다 지고
두리기둥 난간에 반만 숨은 색시의
초록 저고리 당홍 치마 자락에
말 없는 슬픔이 쌓여 오느니—
십리라 푸른 강물은 휘돌아 가는데"*

무섬마을 자료관 옆에는 「별리」를 새긴 시비가 있는데 서화가인 김난희 여사가 직접 쓴 글이다. 부인은 100세**를 앞두고 생존해 계신다.

무섬마을에는 예스러운 광경이 있다. 바로 350여 년간 무섬마을과 강 건너를 연결해준 외나무다리다. 무섬마을의 유일한 통로였던 외나무다리는 길이가 150미터에 폭은 고작 30센티미터다. 다리 위를 걷다 보면 휘청하다 이내 물에 빠질 것처럼 아슬아슬한 기분을 맛보게 된다. 시인은 외나무다리로 강을 건너며 시상을 떠올리지 않았을까.

무섬마을은 경주 양동마을을 닮았다. 바로 외손이 번성한 마을인데 독립운동가가 다섯 분이다. 무섬마을에 사람이 들어와 살기 시작한 것은 1666년 반남 박씨 박수인데 그가 지은 집이 이 마을에서 가장 오래된 만죽재다. 조선 영조 때 그의 증손녀 사위인 예안 김씨 김대가 처가에 들어와 살기 시작하면서 지금까지 반남 박씨와 예안 김씨 두 집안이 집성촌을 이루어 살고 있다. 무섬마을의 두 번째 오래된 고택은 박수의 손자인 박이장이 1730년대에 지은 섬계고택인데, 김동근 씨 집안이 70여 년 전부터 살고 있다.

성경을 보면 모세는 미디안 제사장 집에서 40년간 처가살이를 했다. 우리나라의 경우 처가살이의 사례는 많다. 대학자 율곡 이이의 아버지 이원수는 파주에서 살다 신사임당과 결혼하면서 강릉에서 처가살이를 했다. 오죽헌은 처가살이를 한 사위에게 대물림된 대표적인 고택이다. 단종때 병조참판과 대사헌을 지낸 최응현은 처가살이를 한 사위 이사온에게, 이사온은 두 명의 사위인 신명화(율곡의 외조부)와 권처균에게 분재해 물려주었다.

퇴계 이황과 쌍벽을 이룬 남명 조식은 삼가현 토동 외가에서 태어나 자랐고, 어머니를 모시고 처가에서 살았다. 조식은 스물두 살 때 김해 조수의 따님에게 장가들었다. 대대로 김해에 살아온 조수는 재산이 넉넉했다. 조식은 1530년 어머니를 모시고 공부에 전념하기 위해 처가로 갔다. 집 근처에 공부할 집을 따로 지어 산해정이라고 했다. 조식은 36세에 첫째 아들 차산이 태어났지만 9살 때 죽고 만다. 조식은 「아들을 잃고서(喪子)」를 지어 애통해한다.

　"집도 없고 아들도 없는 게 중과 비슷하고
　뿌리도 꼭지도 없는 이내 몸 구름 같도다.
　한평생 보내면서 어쩔 수 없었는데,

여생을 돌아보니 머리 흰 눈처럼 어지럽도다."***

집도 없이 처가살이도 서러운데 자식마저 잃은 것이다. 이후 48세 때 고향인 삼가로 거처를 옮겼다. 조식은 인근 대병면 유전에 사는 제자의 딸을 첩실로 맞아 61세까지 고향에서 살았다.

'겉보리 서 말이면 처가살이 안 한다'는 말과 달리 우리나라는 16세기 중반까지는 처가살이가 당연했다고 한다. 장가간다는 말이 처가로 들어가 산다는 뜻이다. 재산도 아들딸 구분 없이 분배하고 제사도 남녀가 함께 지냈다. 신랑이 신부집에서 혼례를 치르는 '처가살이' 전통은 임진왜란과 병자호란 이후 성리학적 질서가 강조되면서 신부가 신랑 집에서 혼례(친영례)를 치르는 '시집살이'로 바뀌어 오늘에 이르고 있다고 한다. 처가살이의 풍습은 근래까지 '묵신행'의 풍습으로 남아 있었다. 필자의 부모님의 경우 묵신행의 풍습을 따랐다고 한다.

"남편은 처가 식구와 같이 사는 걸 조금도 불편하게 여기지 않았다. 겉보리 서 말만 있어도 안 한다는 처가살이를 그는 아무도 불편해하거나 미안해하지 않도록 잘 해냈다." 박

완서의 『환각의 나비』에는 처가살이를 하는 남자의 근면성을 묘사하고 있다. "김 씨 할아버지의 사위인 추 서방은 처가살이지만 그런 기색은 조금도 없이 자기 살림인 양 곧잘 집안일, 농사일을 꾸려 나갔다." 하근찬의 소설 『야호』에도 처가살이를 하는 남자의 처신에 대해 말하고 있다. 여기에서 보듯이 처가살이란 결혼한 남자가 처음 맞닥뜨리는 도전이었을 것이다. 자칫 게으름을 피웠다가 나쁜 평판이라도 돌면 본가에도 손가락질을 당하기 때문이다. 무엇보다 부지런해야 한다. 눈치껏 솔선수범을 해 성실하다는 평을 들어야 했다. "귀 먹어 삼 년이요, 눈 어두워 삼 년이요, 말 못하여 삼 년이요." 이는 새댁이 노래한 〈시집살이〉 노래의 일부인데, 처가살이를 하던 새신랑에게는 〈처가살이〉 노래라고 해도 무방할 것이다. 처가살이 또한 석삼년을 죽은 듯이 지내야 하기 때문이다. 그렇지 않으면 찬밥신세를 면치 못한다. 그러자니 남보다 앞서 고생하고 노력하며 솔선수범하는 사람이 되는데 이게 성공의 초석이 된다. 결국 처가에서 인정받아야 잘 살고 성공할 수 있게 된다. 이게 외손마을에서 인재가 많이 나오고 번성한 이유가 아닐까 싶다.

무섬마을에는 흥선대원군의 자취가 깃들어 있는 해우당

이 있다. 해우당(海愚堂) 현판은 흥선대원군의 글씨다. 안채에도 대원군이 쓴 대은정(大隱亭)이라는 현판이 있다. 대원군이 파락호 시절 해우당을 방문했는데 한 달 가량 있다 보니 그만 양식이 떨어졌다. 해우당에서 어쩔 줄 몰라 하는데 대원군이 이를 눈치채고 귀갓길에 올랐다는 일화도 전한다.

초등학생 때인가 어느 여름날, 엄마와 형제들이 콩밭을 매고 있었다. 강 건너 신작로에선 아버지가 술에 취한 채 흥에 겨워 노래를 부르며 집으로 가고 있었다. 엄마는 아버지가 외가에 다녀오는 길이라고 했다. 주당이신 아버지가 외가 마을의 친구분들과 술을 한잔하신 모양이었다. '주도 18단계'라는 글을 쓸 정도로 주당으로 알려진 조지훈은 처가 나들이를 할 때면 무섬마을의 술친구들과 한데 어울리며 밤새 풍류를 즐겼다고 한다. 예전 함께 신문사에 근무했던 김지영 씨(편집국장 역임)는 해우당 후손인데, 그의 선친은 조지훈이 처가에 올 때면 막걸리를 함께 마신 술친구였다고 한다. 그의 「호수」라는 시에서처럼 말이다.

"장독대 위로 흰 달 솟고
새빨간 봉선화 이우는 밤

(…)

산밑 주막에서

막걸리를 마신다."****

그런데 아! 처갓집을 찾던 젊은 아버지들은, 씨암탉을 잡던 장모님들은 다 어디로 갔는가!(『한국수필』, 2022년 7월호)

***

* 조지훈, 『조지훈 시선』, 정음사, 1956, 150쪽.
** 김한직 씨에 따르면, 2024년 부인은 103세로 생존해 계셨다.
*** 『위키백과』, 조식(1501).
**** 조지훈, 『조지훈 시선』, 88쪽.

선비들의 '서재의 시간'

지난 봄날 창덕궁 후원 관람을 예약했다. 흐린 날씨여서 조마조마했다. 후원 입구 대기 장소로 가는데 빗방울이 떨어졌다. 다행히 관람하는 동안 비는 내리지 않았다. 모두 관람을 마치고 창덕궁 전각 쪽으로 오자 비가 후드득 떨어졌다. 운 좋은 날이었다.

창덕궁에서 주합루를 지나 조금 더 내려가면 왼쪽에 단청을 입히지 않은 단아한 건물이 두 채 있다. 의두합(기오헌)과 운경거이다. 앞에는 후원 연못인 애련지가 눈에 들어온다. 이곳은 효명세자의 서재였다. 궁궐 건물이지만 선비들의 서재와 같이 단청도 하지 않아 소박한 모습이다.

기오헌은 궁궐 건물들 중 유일하게 북향이다. 햇볕 잘 드는 남향으로 지으면 책 읽기에 편해질까 봐 일부러 북향으로 지었다고 한다. 기오(寄傲)의 뜻은 '거침없이 호방한 마음을 기댄다'이다. 중국 동진의 시인 도연명이 쓴 시 「귀거래사」의 시구에서 따왔다.

남쪽 창에 기대어 멋대로 호방함을 부려보니

倚南窓以寄傲

무릎이 겨우 들어갈 만한 작은 집이지만 편안함을 알겠노라.　　　　　　　　　審容膝之易安

의두(倚斗)의 뜻은 '북두성에 기대어 서울의 번화함을 바라본다'이다. 당나라 시인 두보의 시 「밤」에서 따왔다. 기오와 의두 모두 '기댄다'라는 공통점이 있다. 효명세자가 할아버지 정조의 뜻에 기대어 좋은 정치를 하려는 의미를 담은 것이라 한다. 안동 김씨 세도정치로 지새던 시절, 젊은 세자의 충정이 느껴져 마음이 울컥해진다.

정면 네 칸 측면 세 칸의 기오헌 옆에는 한 칸 반짜리의 운경거(韻磬居)가 있다. 앙증맞은 느낌이 들 정도의 아주 작디 작은 한옥이다. 그렇게 작은 한옥은 처음 본다. 효명세자가 책을 읽거나 책과 악기를 보관하는 용도로 썼다. 경복궁등 전체 궁궐을 망라해 가장 작은 집이다. 그러나 비운의 천재처럼 스물두 살에 요절한 효명세자. 학문을 좋아해 할아버지의 꿈을 이으려던 그가 왕위에 올라 선정을 베풀었다면 조선의 국운도 달라지지 않았을까. 기오헌을 바라보며 문득 애잔한 마음이 든다.

창덕궁 비원 관람을 마치고 후원 입구 숲길에 다다르자 갑자기 어둑해졌다. 그 길에 서서 주합루 쪽을 바라보는데, 정조가 저만치서 책을 보며 걸어오는 듯한 환영이 어른거렸다. 후원을 빠져나오며 문득 독서하고 산책하며 사색하기에 후원이 최적의 공간이라는 생각이 들었다. 정조가 왕실도서관인 규장각을 만든 까닭이 아닐까. 후원에서 제일 먼저 보이는 부용지 일대에는 규장각과 주합루, 서향각 등 책과 관련된 건물들이 있다. 연경당 내에는 책을 읽고 책을 보관하는 선향재(善香齋)가 있다.

궁궐에도 선비들의 서재를 닮은 기오헌이 있을 정도로 조선시대에는 선비들이 별채로 서재를 짓는 게 오랜 꿈이었다. 이때 이른바 '삼간지제(三間之制)'를 서재 건축의 제1 원칙으로 삼았다고 한다. 삼간지제란 방 한 칸, 마루 한 칸, 부엌 한 칸으로 일상생활의 기본이 되는 공간으로 구성된다. 학문과 수양에 정진해야 할 선비가 거처하는 집은 세 칸을 넘지 말아야 한다는 덕목이다. 일반 집뿐만 아니라 특히 개인의 수양과 독서, 휴식을 위한 서재나 정사(精舍)를 지을 때는 삼간지제를 준수했다. 부자나 권세가도 서재는 대부분 세 칸, 아홉 평을 넘지 않았다.

대학자 퇴계 이황에게 의외의 면모가 있다. 바로 집 짓는 퇴계의 모습이다. 30세 때에 달팽이집이라는 이름의 지산와사를 시작으로 46세 때에는 양진암, 50세 때 한서암과 51세 때 계상서당을 짓고, 60세 때 도산서당을 지었다. 계상서당은 세 칸도 아닌 두 칸 집이었다. 정선이 71세에 그린 〈계상정거도(溪上靜居圖)〉는 도산서당을 중심으로 주변 풍경을 담은 산수화다. 작은 암자 방에 선비가 조용히 책을 읽고 있다. 그 그림은 천원권 지폐에 담겨 돈의 '속물'을 경계하고 있다.

도산서당은 삼간지제를 지키려 애썼다. 동쪽이 강학 공간인 마루, 서쪽이 부엌(뒷문)이고 한가운데에 방이 있다. 방을 완락재(玩樂齋), 마루를 암서헌(巖栖軒)이라 지었다. 연못에는 정우당(淨友堂), 문은 유정문(幽貞門), 우물은 몽천(蒙泉), 화단은 절우사(節友社)라는 이름을 지었다. 장소 하나하나에 퇴계의 마음이 깃들어 있다. 집은 지은 이를 닮는다는 말이 있다. 도산서원에 가서 도산서당을 대면하면 그 소박한 절제미에 숙연해진다. 도산서당은 16세기 선비들이 추구한 건축적 이상이 잘 구현된 건물로 평가된다. 그런 까닭에 도산서당은 선비들의 로망인 서재 혹은 정사를 지을 때 텍스트이자 표준이 되었던 것이다.

퇴계는 57세 때 도산에 터를 얻었고 5년 만에 도산서당을 완성했다. 퇴계는 '퇴계'(退溪)라는 시에서 그 심정을 읊었다.

"몸이 물러나오니 내 마음이야 편안하나
학문 후퇴할까 늘그막이 걱정일세
시내 위에 처음으로 살 곳을 정하고보니
흐르는 물가에서 날마다 반성할 일이로세."*

퇴계는 도산서당 공사를 막 시작한 어느 날 제자 황준량에게 보낸 편지에서 "스스로 고생을 사서 하니 때로 혼자 웃습니다"라고 토로했다. 참으로 인간적이다.

도산서당은 엄밀히 말하자면 정면 네 칸 반, 측면 한 칸

으로 구성돼 있다. 강학의 공간이다 보니 마루가 한 칸으로
는 부족해 한 칸을 임시마루를 달고 본채 마루와 구분해 살
평상으로 만들었다. 또한 서쪽에 반 칸의 부엌을 내고 뒷문
을 만들었다. 도산서당은 퇴계가 궁리 끝에 삼간지제의 기
본을 지키면서도 변형을 통해 편리를 얻어낸 사례[**]라고 평
가받는다. 인간의 삶은 원리원칙에 얽매이기보다 융통성을
발휘할 때가 더 인간적인 법이다.

　조선의 예학을 수립한 사계 김장생의 임리정과 그의 제
자인 우암 송시열의 팔괘정은 모두 삼간지제를 따랐다. 임
리정과 팔괘정은 금강이 흐르는 황산 언덕에 나란히 있다.
이중환은 자신과는 당파가 다른 우암의 서재인 팔괘정에서
『택리지』를 탈고했다. 서재는 수양 공간이자 강학 공간이
었고, 창작공간이기도 했다. 다른 서재와 달리 특히 팔괘정
은 금강이 굽이치는 곳을 내려다볼 수 있어 당찬 느낌이 들
정도로 열린 공간에 있다. 팔괘정에서 우암의 카리스마가
느껴진다고 하면 과언일까.

　우암 또한 퇴계에 버금가는 건축가였다. 대전에 강학 공
간인 남간정사(전면 네 칸)와 별채인 기국정(전면 세 칸)을 지었
다. 기국정을 보노라면 한옥미의 진수를 보는 듯하다. 누마

루와 그에 딸린 방의 구조는 작지만 소통과 휴식을 하기에 부족함이 없을 공간으로 보인다. 또한 화양계곡 절경을 배경으로 암서재를 지었다.

삼간지제는 '지금-여기'에서도 집짓기의 원칙으로 자리매김하고 있다. 집을 짓다 보면 욕망이 가득 들어가기 마련이다. 이때 삼간지제와 같은 절제된 욕망이 건축에 반영된다면 그 집은 잘 지은 집이라고 할 수 있다. 제주 조천에 지은 1층 18평, 다락방 10평 규모인 '산 들 바람집'은 삼간지제를 따라 지었다고 한다.

퇴계의 수제자 유성룡은 하회마을에 원지정사를 짓고 "마음이 세상과 멀어서 절로 즐겁구나"라는 시를 짓기도 했다. 집을 크게 지으면 마음이 먼저 세상을 얻으려고 닦달하지 않을까.

다시 여름이 깊어 가고 있다. 고등학교 2학년 여름방학 때 장맛비가 엄청 내렸다. 병이 깊은 아버지는 마루에 모기장을 치고 늘 누워계셨다. 집 옆에 초등학교 교실을 도서관 삼아 공부를 하고 있었는데 아버지가 위독하다고 했다. 강 건너 전화기가 있는 가게로 달려가 부산의 작은아버지께 알렸다. 집에 돌아와 보니 아버지는 돌아가시고 난 뒤였다.

지금도 8월 여름날이면 돌아가신 아버지 생각이 나곤 한다. 철없던 아들은 병든 아버지를 돌보지 않고선 교실로 공부하러 갔다. 그때를 생각하면 죄책감이 앞선다. 밤에는 작은방에 아버지가 큰형에게 사 준 작은 책상에서 공부했다. 지금 내가 글을 쓰고 있는 책상은 어느 날 고가구점에서 눈에 띄어 중고로 샀다. 다름 아닌 본가의 작은방에 있던 그 책상과 너무나 흡사해서다.

어쩌면 내가 오늘날 글을 쓰고 살아갈 수 있는 것은 작은 방의 작은 책상 덕분이 아니었을까. 선비의 서재에는 책을 펴면 책상을 덮을 정도의 작은 책상이 있었다. 그 작은 책상이 어쩌면 선비를 선비답게 하지 않았을까. 그 책상에서 출사를 꿈꾸기도 했을 터이고 원지정사의 서애가 되기도 했을 터이다. 옛 선비들은 그런 몽상을 하며 오후 한 자락 흘러가는 구름을 보며 서재의 시간을 보내지 않았을까.(『한국수필』, 2022년 8월호)

* 『경향신문』, 2007. 4. 13. 「조선 성리학 본산 도산서원」(박석무).
** 문화유산채널, '퇴계 이황의 건축학개론 도산서당' 참고, https://youtu.be/ AroaxSxbTDc

'율리(栗里)'의 집을 찾아서

　때로 정신없이 살아가다 둔탁하게 머리를 때리며 삶을 되돌아보게 하는 이가 있다. 동양인에게는 도연명(陶淵明, 365~427)이 그런 사람일 테고, 서양인에게는 장 자크 루소 (1712~1778)가 그런 사람일 것이다. 이들은 삶의 타락을 경고하고 부질없는 꿈꾸기를 질타하며 어서 빨리 욕망의 사슬을 풀고 자연으로 돌아가라고 주문한다. 도연명이 귀향한 '율리(栗里)'의 집은 수졸전원(守拙田園)을 꿈꾸는 이들의 표상이 되고 좌표가 되었다. '농부처럼 일하고 철학자처럼 생각하는 인간'으로 살아가라는 루소의 자연인 사상은 이상적 인간형의 좌표가 되었다.

"차 한 잔에 번뇌를 씻고, 술 한 잔에 근심을 잊고." 괴산 수암리에서 한옥을 짓고 사는 정순오 씨가 즐겨 쓰는 붓글씨다. 국지적 난세가 아니라 지구적 난세의 혼란한 작금의 시절에 어쩌면 잘 부합하는 글귀가 아닐까 싶다. 그는 매년 새해마다 손수 붓글씨로 쓴 수제달력을 만들어 지인들에게 보내준다. 그가 즐겨 쓰는 별호는 '청산(靑山) 별한줌'이다. 부인 나미희 씨는 '달마당'이다. 이들 부부의 지향점이 담겨 있는 것 같다.

청산은 목수가 아니다. 한옥 강의를 듣다 한옥에 매료되었고 한옥을 몇 채 지었다. 고재상을 통해 서울 혜화동 36평의 한옥을 헐면서 나온 고재가 있다는 이야기를 들었다. 누나네가 살던 충북 괴산 칠보산 자락에 500평의 밭을 매입해두었던 그는 도연명처럼 마흔 즈음 이곳에 고재를 옮겨와 새 한옥을 짓기 시작했다. ㄷ자였던 한옥은 이곳에서 ㄱ자 한옥으로 탈바꿈했는데 맞배지붕 형태의 안채와 팔작지붕의 사랑채는 단아하면서도 운치 있고 격조 있는 분위기를 자아낸다. 그는 일을 놀멍쉬멍하면서 한다. 놀면서 일하고, 일하면서 논다. 목이 마르면 막걸리로 목을 축이고 밤이면 달을 벗 삼아 청산의 삶을 즐긴다. 얼핏 봐도 수많은 땀과 노고가 들어간 뒤 담장과 마당 앞 담장도 놀멍쉬멍하며 쌓았다. 2002년 한옥을 짓기 시작한 지 3년 만에 마을 뒤 밭자락에는 근사한 한옥이 들어섰다. 그는 소나무와 국화를 심었다. 도연명의 율리의 집처럼 말이다.

그는 아름드리 한옥을 재탄생시키면서 대문은 달지 않았다. 청산은 이 집을 인간과 인간, 인간과 자연이 어우러지는 '징검돌'이 되기를 소망한다. 나는 서울의 은평한옥마을에 집을 지으면서 상량식을 하던 날 지인들에게 "앞으로 이 집이 단절된 사람과의 관계를 다시 이어주는 집이 되었으면 좋겠다"고 고한 적이 있다. 청산은 이 집을 가족과 지역민을 위한 문화마당으로 활용한다. 자녀를 위해 성인식을 올려주었고, 지난 5월에는 보은 회인서당에서 오랜 공부를 마친 남매의 스승들을 초빙해 풍류 한마당을 열어주기도 했다. 청산은 이 집을 지을 때 어린 남매가 창문틀에서 창호를 뜯어내는 일을 도와주기도 했다며 고향 상실 시대에 옛고향과 같은 그리움의 공간이 되어 주길 소망했다.

안성 금광면 하석파마을의 염준성 씨 부부는 오랜 외지 생활 끝에 고향 본가를 되살렸다. 사방이 온통 산으로 둘러싸인 하석파마을은 아랫돌파지라고 부른다. 파는 곳마다 돌이 많은 지세 때문이다. 마을 입구에는 500년이 넘은 느티나무가 있다. 매년 고사를 지내는데 나무 앞에 상석이 놓여있다. 희귀한 광경이다. 염준성 씨의 본가는 이 느티나무를 지나면 바로 나온다. 마당 한가운데에 염 씨가 40년 전에 심은 백송과 금송, 사철나무 세 그루가 반기듯 서 있다. 이 집에서 태어나 청소년기를 보내고 외지에서 공직자로 살다 백발의 되어 돌아온 주인을 반기기 위해 모든 풍파를 이겨내고 집을 지켜온 게 아닐까 하는 생각마저 들었다. 도연명이 귀거래사를 쓰고 귀향할 때 그를 반긴 뜰의 소나무와 국화처럼 말이다. 270평의 대지에 30평의 본채와 두 채의 별채를 지닌 이 집은 농경사회의 흔적들이 집 곳곳에 남아 있다. 곡식을 수확하고 저장하던 두지(뒤주)를 보자 와락 고향집 생각에 반가운 마음이 들었다. 아래에서부터 칸을 만들어 곡식을 담을 때마다 하나씩 칸을 올리는 구조다. 그는 칸마다 번호가 있었는데 새 단장을 하면서 칠을 하는 과정에서 사라졌다며 아쉬워했다.

염 씨의 본가 집은 선친이 1952년에 전사하고 서른한 살된 어머니가 증조모와 조부모, 고모와 삼촌 등을 모시고 슬하의 남매를 키우며 사셨다. 증조모는 그가 고2 때 돌아가셨다. 요즘에는 서울살이를 하면서 주말마다 내려와 며칠씩 묵고 간다. 그의 자녀들도 그들의 자녀를 데리고 찾아온다. 비 내리는 오후 마을을 떠나는데 채소밭에서 상추를 뜯어 한 봉지 건네주었다.

"비록 지금은 북한산 기슭 단독에서 살고 있지만 때때로 내 마음은 반포주공아파트에 가 있다. 이런저런 이유로 반포를 지날 때마다 내 인생의 가장 중요한 시기를 보낸 낡은 5층짜리 아파트에 따뜻한 애정을 느끼고 있는 것이다." 세검정 인근 단독 집에 살고 있는 김동률 교수(서강대 MOT대학원)는 반포주공아파트(1단지)에 무한 애정을 가지고 있다. 그의 글을 보면 아파트도 한옥 못지않게 본가와 같은 기억의 집으로 자리매김이 가능한 것 같다. 그러나 재건축의 논리 앞에 '반포주공'은 더 이상 존재하지 않는다. 그가 강남 아파트를 떠나 세검정 단독 집을 구한 것은 어린 시절 단독집의 추억 때문이란다. 그 오래된 끈이 그를 이끈 것이리라. "대구의 본가는 나의 자아가 형성된 곳, 꿈에도 그리운 공간"이라고 그는 말한다.

세검정 집에서 그는 어린 시절처럼 마당에 처진 빨랫줄에 바지랑대를 걸치고 옷을 말린다. 요즘 흔치 않은 풍경이다. 마당가의 거대한 단풍나무는 저 멀리 북악산과 어우러져 압권이다. 마당의 진달래와 황매화, 목련 작약은 대구 본가에서 옮겨와 심었다. 때로는 이 꽃들을 보며 본가의 기억을 떠올리고 눈시울을 붉히기도 한다. 그의 대구 본가는 최근 재개발로 헐려 흔적 없이 사라졌다. 가족이 들어와 산 지 5년째. 이 집 마당에는 고향 본가 마당과 풍경이 혼합돼 있는 셈이다. 집은 '세이장(洗耳莊)'이란 당호를 가졌다. 1973년 김수근 건축가가 함께『공간』을 발행한 친구인 박용구 음악평론가를 위해 설계한 집이다. 이어 배우 예수정 씨가 살던 이 집은 다시 그에게로 왔다. 이 집의 담장과 마당, 집안에는 이 집을 살다간 이들의 그 무엇이 남아 있을까. 집의 지문이 있을까. 그는 "술 취한 늦은 밤 면발치에서 집에서 새어 나오는 광창의 불빛이 보이면 기분이 좋아진다"고 말한다. 그 불빛은 그에게 집에 무사히 당도했다는 안도감을 주었을 것이다.

안동시 와룡면 태리에는 400년 왕버들나무가 있는 도로변에 밭 500평이 있었다. 서울에서 안동살이를 꿈꾸던 중년의 부부는 어느 겨울날 이곳을 소개받았다. 현장에 갔더니 큰 나무 한 그루뿐이었고 황량했다. 모두들 말렸다. 오치

화, 박수진 씨 부부는 밤을 지새우고 아침에 이심전심으로 "다시 한 번 그곳에 가보자"라고 말했다. 왕버들나무가 이들 부부의 눈에 밟힌 것이다. 2017년 땅을 산 그해 말 집을 완공했다. 이들 부부를 이곳으로 이끈 것은 우연하게도 오류 선생이 심었던 버드나무였다. 나무는 인간과 인간이 사는 집에 어떤 역할을 할까. 제각기 찾아가고 있는 '율리의 집들'을 보면 공통적으로 도연명의 율리송국(栗里松菊)처럼 나무들이 있다.

중국 강서성 시상현에 있는 율리는 시공간을 떠나 서울 세검정이 될 수 있고, 괴산의 수암리가 될 수도 있다. 안성의 아랫돌파지나 안동의 태리가 될 수 있다. 율리의 집은 내 마음이 만드는 수졸전원이 아닐까. 그런데 한국에 율리라는 지명이 아홉 곳 있는데 우연인지 경상도와 충청도에만 있다.

산업혁명 이후 인간의 삶은 정주에서 다시 유목의 삶으로 가차 없이 내몰렸다. 우리는 너나없이 집이 있어도 그 집에 살지 못하고 떠도는 삶을 살아간다. 산업혁명은 가혹하고 무자비한 얼굴로 수천 년 인간의 삶의 방식을 해체하며 무장해제하고 있다. 정주의 집과 고향을 상실한 시대. '영끌'하며 아파트 한 채라도 구입하려는 살풍경이 벌어지는 시대. 아늑한 보금자리를 마련하려는 각자도생. 손을 놓고 있다가는 낭패 보는 그런 시대에 살고 있다.

도연명은 율리의 집에 귀거래사를 묻었다. 또 무릉도원의 이상향을 인류에게 숙명과도 같은 과제로 남겼다. 그가 살았던 율리의 집은 질박함을 지키며 전원에서 살겠노라는 수졸전원을 꿈꾸는 이들의 좌표가 되어왔다. 비슷한 집과 비슷한 방과 비슷한 공간에 살아가는 우리는 무엇을 남길 수 있을까. 훗날 그 무엇을 기억되게 할 수 있을까. (『한국수필』, 2022년 9월호)

옛 건축학개론

나는 마흔두 살에 16년 다닌 직장을 그만두었고 '저술가'라는 불확실한 시장에 뛰어들었다. 그때는 나도 좀 철이 들었고 인생도 좀 살았다는 생각이 들었고 나를 충만하게 하는 일을 해보고 싶었다. 다시 16년이 흐른 지금 생각해보면 그것은 젊음의 치기였다. 마흔 후반에 들자 생기 있던 일도 조금씩 시들해지기 시작했다. 아무리 좋은 일도 직업이 되면 그 어떤 일도 시들해지기 마련이라는 것을 알았다.

눈이 내린 어느 겨울날, 아내와 아이와 함께 임진강 가로 드라이브를 갔다. 아들과 강가에서 불을 피웠는데 지나가는 차량에서 불을 피우지 말라고 고함을 질렀다. 그때 문득 생각났다. '이 나이가 되도록 아이와 불 피울 땅 한 평이 없단 말인가!' 그날 땅을 사야겠다는 결심을 굳혔다. 그날의 낭패감 덕분이었던지 그 후 땅을 사고 불을 피울 수 있는 온돌방도 지었다. 이런 과정을 거치면서 땅과 집이 주는 미묘한 힘을 경험했다. 그리고 옛 선인들의 삶과 그들이 지은 집을 접하면서 어떤 비밀의 단서가 풀리는 느낌이었다.

조선 중기 충재 권벌(1478~1547)과 회재 이언적(1491~1553)의 경우가 바로 그들이다. 동시대를 산 이들은 우연하게도 벼슬이나 유배형, 건축까지 비슷한 여정을 보이고 있다. 명종의 원상(院相)을 지내는 등 벼슬도 1품까지 올랐다. 정치적 시련을 겪으며 낙향을 했다. 그런데 묘하게도 이 시기를 집 짓기로 시련을 극복하면서 다시 출사를 했다. 그러다 높은 벼슬에 올랐지만 같은 사건에 연루돼 유배형을 당했고 유배지에서 죽었다. 다만 이들의 향기는 건축이라는 걸작으로 지금도 전해지고 있다.

충재 권벌은 봉화에 청암정이라는 걸출한 정자를 남겼다. 뿐만 아니라 그의 아들 권동보는 석천정사를, 또 권동보의 아들 권래는 한수정이라는 건축물을 남겼다. 더욱이 권벌의 5대손 권두경은 퇴계 이황의 고택에 추월한수정이라는 별채를 지었다. 회재 이언적은 옥산에 독락당과 계정을 지었고, 이어 양동마을에는 향단을 건축했다. 왜 이들은 내쫓긴 '중늙이' 신세로 건축에 몰입했을까. 이들은 정치적 시련기에 집짓기를 하고 거기에 깃들어 살아가면서 시련기를 이겨낸 것은 아닐까 싶다. 그게 건축의 힘일까.

사십 대와 오십 대는 인생의 격동기를 거쳐 변곡점과 정점이 찍히는 시간대라고 한다. 심리학자 대니얼 레빈슨에 따르면 이른바 '절정 사건(culminating event)'이 중년기의 인간을 지배한다. 특히 남성이 마흔쯤에 이르면 그는 마치 인생의 전환점인 절정에 도달한 듯한 경험을 한다. 가끔 어떤 특별한 사건이 지금 자신이 어디에 서 있고 앞으로 얼마나 더 멀리 갈 수 있는지를 가리키는 지표로 작용한다는 것이다. 여기에는 가족 생활뿐만 아니라 죽음과 자신이 속한 세계에서의 인정 또는 평가절하가 영향을 미친다. 나의 경우 절정 사건은 16년 동안 다녔던 신문사를 그만둔 것이었다. 그후 나는 많이 변했다.

서른 살에 과거에 급제해 관직에 나간 권벌은 수양서인 『근사록(近思錄)』을 항상 품속에 지니고 다닐 정도로 독서를 하며 자기관리에 철저한 생활을 했다. 그가 쓴 『충재일기(冲齋

日記)』는『중종실록』편찬 자료로 이용되었고 보물 제261호로 지정되었다. 그는 40세 때에 조광조와 함께 중종에게『근사록』을 강론했다. 그런 그가 정치적인 연유로 곤경에 처했고 결국 낙향했다. 권벌은 이듬해 중종에게『근사록』을 하사받았는데 곧이어 11월에 기묘사화에 연루되어 파직되었다. 조광조는 사약을 받았다. 기묘사화는 권벌에게 절정 사건으로 작용했던 것 같다.

낙향한 권벌은 고향인 안동 도촌리를 떠나 처가가 있던 봉화 유곡리(닭실마을)를 복거(卜居), 즉 오래 살만한 곳으로 정하고 집을 지었다. 48세 때는 집 서쪽에 소담한 세 칸 서재를 지어 '충재(冲齋)'로 명명하고 자신의 별호로 정했다. 이어 서재 바로 앞에는 연못을 만들고 거북 형상을 닮은 커다란 너럭바위 위에 바위의 호방한 기풍을 담은 정자를 만들었는데 이것이 명승으로 지정된 청암정(青巖亭)이다. 서재인 충재와 정자인 청암정은 마치 음양의 관계인 듯 느껴진다. 서재인 충재가 사색적이고 음적인 집이라면 청암정은 호연지기의 기상이 누정 전체를 드리우고 있는 양적인 건축물이다. 서재에서 공부하다 깜빡 졸릴 때 청암정 외다리를 건너면 다시 정신을 가다듬고 호방한 기상을 갖게 된다고 할까. 청암정으로 가는 유일한 통로인 외다리는 음양의 교차점이라고 할까.

충재는 동문 밖에 있는 바위와 맑은 물이 흐르는 곳을 즐겨 찾았는데 이곳에 정사를 세울 계획을 세웠다. 그 계획은 아들 권동보가 선친의 뜻을 이어 실행했다. 그곳이 지금의 석천정사이다. 석천정사는 개울에 면한 자연 지형을 최대한으로 살렸다. 개울가로 난 마루의 창문을 열면 그대로 개울의 풍광이 가슴속으로 쏟아져 들어오는 느낌을 받는다. 권벌이 마흔에 얻은 늦둥이 권동보는 선친을 기리며 석천정사를 짓고 시를 지었다.

"작은 가마가 지날 수 있는 시내가 길가에
글 읽는 정사가 물과 구름 사이에 보이네
깊은 가을밤에 내린 비바람과
뿌연 서리에 시월의 공기 차갑구나
(중략)
백세토록 조상께서 거니시던 이곳에
친한 벗들 얼마나 오갔던고."*

충재는 삼척부사로 가던 중 춘양에 산장지를 물색해두었고 56살 때 매입했다. 집 바로 옆에 삼 칸 서재와 청암정이라는 정자가 있었지만, 또 다른 수양 공간을 점지해 둔 것이다. 후손은 선대의 뜻을 헤아리고 이를 실행한다. 그의 손자인 권래가 조부 사후 60년이 지난 1608년에 청암정과 비슷한 구조로 정자를 건축하고선 한수정(寒水亭)으로 명명했다. 이게 퇴계 이황 고택에 있는 '추월한수정(秋月寒水亭)'을 있게 한 정자이다. 추월한수정은 충재의 5대손인 권두경이 1714년 도산서원 동주(洞主, 원장)로 있을 때 유림과 뜻을 모아 퇴계 고택에 지어준 것이다. 추월한수정은 가을 달처럼 티끌 한 점 없이 밝고, 차가운 강물처럼 투철하고 명징한 현인의 마음을 기리는 주자의 글귀에서 유래한다.

충재가의 집짓기는 3대에 걸쳐 학문과 수양을 위한 건축을 했고 그의 5대손은 퇴계가의 별채까지 짓는 데 앞장섰다. 자신만 잘살기 위한 집이 아니라 학문과 수양을 위한 공간, 대학자를 추모하는 공간을 지었다. 5대 200년 동안 말이다. 무엇이 이들로 하여금 건축에 매진하게 했을까?

"우리가 건축을 만들지만, 그 건축이 다시 우리를 만든다(We shape buildings, thereafter they shape us)." 영국의 명재상 윈스

턴 처칠이 1960년 『타임(Time)』과 인터뷰에서 제2차 세계대전 때인 1943년 공습으로 붕괴된 런던의 의사당(the Commons Chamber) 건물을 재건축할 때를 회고하며 한 말이다. 처칠은 당시 의사당 재건축 건물에 영국 의회 민주주의의 본질인 양당 체제를 투영하도록 했다고 한다. 처칠은 침대에서 비스듬히 누워 책을 읽는 것으로 유명하다. 불운한 시기를 독서와 그림으로 딛고 일어서 다시 총리에 올라 2차 세계대전을 승리로 이끌었다.

  회재 이언적 또한 권벌과 닮은 듯 다른 집짓기의 행로를 걸었다. 회재는 대학자로 이름을 떨쳤지만 권벌과 함께 양재역 벽서사건에 연루돼 강계의 유배지에서 63세로 세상을 떠났다. 이언적은 정치적 이유로 좌천을 당해 39세 때인 1530년 낙향했는데 2년 후 아버지의 정자를 보수해 때 독락당을 지었다. 독락당은 폐쇄적인 구조를 지니고 있는데 개울가에 지은 계정(溪亭)은 주변 산천과 어우러져 그 풍경이 압권이다. 독락당에서 7년을 보낸 이언적은 다시 등용되어 경상감사에 임명되었다. 경상감사로 재임중인 49세 때 보란 듯이 외가 마을인 양동 초입 야트막한 둔덕에 향단(香壇)을 짓는다. 당당하게 외가의 본거지에 터를 잡은 것이다. 향단은 개방적인 둔덕에 위치해 있어 더 돋보이는 집이다. 독락당은 이언적이 마흔 시절 절치부심하던 시절에 지은 은거의 집이라면 향단은 인생의 절정으로 나아가던 시절에 지은 집이어서 개방적이고 당당한 위엄을 드러낸 집이다. 이언적은 1547년 정미사화로 권벌과 함께 유배 길에 올랐다. 그들은 이후 다시는 자신이 지은 집으로 돌아가지 못했다.

서울의 어느 동네에서는 주상복합아파트를 지으면서 외벽에 유리거울을 달아 인근 아파트에서 눈이 부셔 일상생활에 큰 불편을 주고 있다고 한다. 빛나는 유리방에 산다면 행복에도 빛이 날까? 집이 크고 웅장하다고 행복도 웅장하고 클까? 독락당이 자연 속에 파묻혀 있듯이 자연을 해치지 않으면서 집을 짓던 선인들의 건축문화를 다시금 생각해본다. 권벌이 지은 소담한 서재인 '충재'와 청암정을 떠올리면 마치 맑은 연못 위로 바람이 살랑거리는 듯한 풍경이 떠오른다.

나는 언젠가 집을 한 채 더 지을 계획이다. 주책없이 욕망하는 나를 길들이는 그런 집을 짓고 싶다. 나는 좋은 땅을 찾아다니고 또 집을 짓는 과정을 거치면서 거짓말처럼 중

년기의 쓸쓸함 혹은 공허감이 조금은 채워지는 느낌이 들

곤 했다. 어떤 의욕도 생겨났다. 시련기에 집을 짓던 충재나

회재도 이런 느낌이었을까. (『한국수필』, 2022년 10월호)

* 원문은 권동미의 『암천세고(巖泉世稿) 권1』, 청암일고(靑巖逸稿).

잃어버린 안방 혹은
사랑방의 안부

지난겨울에 아내는 열세 분의 손님을 맞아 점심 식사를 대접해 드린 적이 있다. 스무 평도 채 안 되는 작은 한옥에서 많은 손님을 치를 수 있었던 비밀은 다름 아닌 침대가 없는 작은 방들에 있다. 예전에 그랬듯이 침대 없는 온돌방은 다용도로 활용할 수 있다. 어느 방에서나 식사를 하고 차를 마시고 담소를 나눌 수 있다. 한번은 매달 모임을 갖는 아내의 지인 다섯 분이 방문했는데 작은방에서 이불을 가운데 놓고 발을 넣고선 오후 반나절 동안 수다를 떨었다. 다들 너무 아늑하고 유쾌한 시간이었다고 입을 모았다.

예전 고향 풍경이 떠오른다. 밤마실을 가면 으레 펼쳐지는 방안 풍경이었다. 안방에서는 여성들이, 사랑방에서는 남자들이 모여 야식을 먹으면서 왁자지껄 밤을 보내곤 했다. 그런 시간을 보내면서 서로 인정을 나누고 상처를 위로하며 다시 살아갈 힘을 얻을 수 있었다. 말하자면 공동체의 힘이다. 그러나 불과 몇십 년 만에 밤마실을 다니던 마을 공동체도, 안방과 사랑방 문화도 거의 사라졌다.

"건축 환경은 우리의 외적 세계뿐 아니라 내적 세계를 형성한다. 즉 우리가 사는 장소가 우리를 만들어낸다." 미국의 건축평론가로 『공간 혁명』의 저자인 세라 골드헤이건의 말이다. 그럼 우리는 요즘 어떤 곳에 살고 있을까. 우선 침대 문화가 두드러진다. 그 침대에 눌려 안방은 고유한 향기를 잃어버린 것은 아닐까. 안방은 예전처럼 손님을 맞고 담소를 나눌 수 있는 분위기가 아니다. 자녀는 자기 방이라며 부모의 접근조차 허용하지 않는다. 거실에서는 대부분 TV 소리만 요란하다. 요즘은 부모가 자녀의 아파트를 방문해도 하룻밤을 함께 자지 않는다. 불과 30여 년 만에 우리의 주거 공간과 문화는 너무나 달라졌다. 예전의 주거 문화가 좋았다는 것은 아니지만 골드헤이건의 말을 떠올리면 우울해진다.

우리나라 곳곳에는 고택이 산재해 있다. 논산에는 백의정승(관복을 입고 나간 적이 없는 선비 차림의 정승)으로 알려진 명재 윤증 고택이 있다. 명재고택은 사랑채에 대문이 없는 것이 특징적이다. 대문 없이 사랑채가 개방되어 있는 것은 그만큼 열린 가풍임을 짐작할 수 있다. 지금도 누구나 사랑채 대청에 앉아 구경할 수 있다. 명재고택은 명재에게 아들과 제자들이 지어준 집인데 명재는 너무 과분하다며 이 집에 살지 않았다. 명재는 선비들로부터 존경을 받고, 재야의 영수로 사림을 대표했다. 사랑채 당호가 '이온시사(離隱時舍)'이다. '떠나 은거하면서 나아갈 때를 아는 집'이라는 뜻이다.

명재 윤증은 송시열의 제자였지만 결별하고 평생 벼슬길에 나아가지 않았다. 우의정 자리마저 거절했다. 윤증의 종조부인 윤문거는 과거에 급제해 벼슬을 지내다 병자호란 후에 대사헌(검찰총장)에 여러 번 임명되었지만 고사하고 나아가지 않았다. 윤문거의 부친 윤황은 대사간(감사원장)을 지냈다. 대대로 걸어온 길이 닮아 있다. 이은시사를 표방한 사랑채 공간이 세대를 이어 그들의 정신세계에 영향을 미쳤을지도 모른다는 생각이 든다.

명재고택 사랑채에는 널찍한 누마루가 인상적이다. 누마

루에서는 손님들을 맞고 담소하기에 적합하도록 열린 구조로 되어 있다. 창문을 열면 마치 초대형 TV 모니터를 보는 듯한 바깥 풍경이 시선을 사로잡는다. 명재고택 사랑채처럼 전통 한옥의 사랑채는 대부분 여러 사람들과 이야기를 나눌 수 있도록 개방된 공간을 지향한다.

12대에 걸쳐 존경받는 부자였던 경주 최부자집의 사랑채는 전국에 가장 많이 알려진 공간이었다. 육당 최남선, 위당 정인보를 비롯해 수많은 위인들이 묵었던 곳이자 비밀리에 독립운동을 후원하던 곳이다. 마지막 경주 최부자였던 최준은 1947년 9월 22일 대구대의 설립에 전 재산을 기부함으로써 400년에 걸친 부의 대물림을 마감했다. 남양주의 다산 정약용 생가 사랑채(당호 여유당)는 옆에 행랑채가 붙어 있어 실학자답게 실용적인 배치를 하고 있다. 거창의 동계 정온의 사랑채는 병자호란에 맞선 기개를 서려 있는 듯하다. 아직도 이들 사랑채에서는 한지 창문 사이로 세상사의 애환을 담은 소담스런 이야기들이 들려오는 것 같다.

예전에 안채는 온전히 여성들만의 공간이었다. 고부간이 함께 거주하는 공간이어서 늘 긴장감이 감돌았을 테지만, 서로 삶의 고민과 고난을 함께 나누면서 동고동락한 공간이기도 하다. 대구의 백불고택은 안채의 위치가 인상적이다. 마을 깊숙이 자리 잡은 백불고택은 18세기 대구 지역을 대표하는 선비인 백불암 최흥원의 후손들이 대대로 살고 있다. 최흥원은 벼슬에 나아가지 않고 마을 공동체를 위해 향약을 시행했는가 하면 『반계수록』의 교정자이기도 하다. 백불고택은 사랑채가 전면에 있고 안채가 사랑채의 보호를 받듯이 자리 잡고 있다. 안채는 사랑채가 ㅁ자로 감싸안고 있는 구조다. 안채 한가운데에 넓은 대청이 있다. 대청에는 '경(敬)' 자가 걸려 있어 가풍을 짐작게 한다. 백불암은 선비로서는 드물게 효행으로 이름나 정조로부터 정려를 받았다.

전통 한옥 구조에서 전면에 당당히 자리하고 있는 사랑채는 그 집과 남성의 위상을 상징한다고 해도 과언이 아니다. 그러나 사랑방도 이문열의 소설 「폐원」에서 그리고 있듯이 역사의 뒤안길로 사라졌다. 아버지가 돈을 벌어오는 기계로 전락하고 왜소한 존재가 된 데에는 어쩌면 남자들의 전유 공간인 사랑방을 상실한 것과 잇닿아 있다는 생각마저 든다. 대부분 집에서는 서재나 다실 혹은 명상을 위한 방을 꾸밀 마음의 여유조차 없다. 안방과 사랑방 문화를 상실한 지금, 집에 서재나 다실이 있다면 그나마 행복한 사람일 것이다.

필자는 아내에게 왜 여성들은 수다를 좋아하느냐고 물어본 적이 있다. 남성들과 달리 여성들은 어떤 목적이 없어도 수다를 떨기 위해 만난다고 한다. 수다를 떠는 시간도 두세 시간은 되어야 친한 사이라고 여긴다. 여성은 수다를 통해 그동안 쌓였던 스트레스를 풀고 위안을 얻고 다시 살아갈 힘을 얻는다고 한다. 수다의 힘이라고 할까. 이에 반해 남성들은 친구나 다른 사람들을 만날 때 목적이나 이유가 있어야 한다. 단순히 수다를 떨기 위해 함께 밥을 먹거나 커피를 마시는 자리를 갖지 않는다. 친한 친구 사이라도 그냥 만나자고 하면 무슨 꿍꿍이속이 있거나 실없는 사람으로 오해받기도 한다. 이런 목표지향적인 속성으로 남자들은 담소를 나눌 친구 없이 외로운 '섬'으로 살아간다.

내가 사는 인근에 있는 진관사에는 연지원이라는 전통 찻집이 있다. 연지원은 초가의 예스러움을 간직하고 있는데 여기선 웃픈 일이 매일 일어나고 있다. 한 평이 조금 넘는 아주 작은 다실이 두 칸 있는데 이 작은 방을 손님들이 너무 좋아해 한번 자리에 앉으면 일어날 생각을 하지 않는다는 것이다. 급기야 연지원 측에서 이용 시간을 한 시간으로 제한한다는 문구를 내걸었지만 이를 지키는 손님이 별로 없단다. 자칫 갑질로 비쳐질 수 있어 손님들의 수다를 제지할 묘책이 없단다. 사람들은 예전 안방이나 사랑방에서 담소를 나누던 그 풍경을 문화의 DNA로 간직하고 있는 것은 아닐까.

고창에 있는 미당 서정주 생가에는 본채 앞에 동화 속에 나올 법한 조그만 초가가 하나 더 있다. 미당의 아우 서정태 시인이 66세부터 32년 동안 산 집이다. 시인이 소박한 흙집에 사는 까닭은 "자유를 얻고 싶어서"였단다. 그는 「자족」이란 시에서 이렇게 노래한다.

"보리 섞은 밥 한 공기와

무국과

김치 한 접시

김 두 장

아침상 차려 먹고 나니

천하는 내 것이다."*

자유롭게 살고 싶다면 서정태 시인처럼 나를 돌아보며 자족하며 살아갈 수 있는 소담한 공간을 가져봄이 어떨까 싶다. 한옥도 좋지만 초옥이면 어떻고 아동식 주택이면 어떠랴. 단, 가능한 그 공간에 침대는 넣지 말 것을 권하고 싶다. "나는 이 작은 방이 책이나 다른 물건으로 채워지는 것이 부담스럽다. 우선 작은 내 방에서 나를 있는 대로 다 부려 놓을 수 있어서 좋다." 사공정숙의 「내가 사는 집」에 나오는 글이다. 세종으로 이사를 해 작은 방을 나만의 쉼터로 꾸몄다고 한다.

살아가다 문득 인생이 시들해지거나 어떤 계기를 마련해 보고 싶다면 우선 지금 살고 있는 집에 '자기만의 방'을 꾸며봄이 어떨까. 자기만의 방이 있다면 형편에 맞춰 집을 지어보는 것은 어떨까. 옛말에 "열심히 살다 보면 세 채의 집을 지을 수 있다"고 했다. 코비드가 극성인 요즘에는 더욱이 자기만의 공간이 절실한 것 같다.(『한국수필』, 2022년 5월호)

＊ 『중앙일보』, 2013.3.14. 「김서령의 이야기가 있는 집」 24, 우하정·서정태, 『그냥 덮어둘 일이지』, 시와, 2013.

우리는 모두
'몽상의 집'에 살고 있다

과유불급(過猶不及)이라는 말은 '지나침은 모자람만 못하다'는 뜻이다. 여기에도 예외가 있는 것 같다. 꽃들은 많이 모여 있을수록 좋다. 내가 다닌 모교에는 작은 진달래동산이 있었다. 40년 전 대학에 입학하고 처음 맞는 4월 중순은 개나리 진달래가 만발하고 있었다. 나는 강의실에서 중간고사를 치르다 내다본 강의실 밖 풍경에 탄식했다. '이 청춘의 봄날에 잔인한 시험이라니……' 대학을 졸업하고 수년 후 모교 교정을 방문한 적이 있는데 새내기 시절 시험을 보던 강의실 건물도 개나리 진달래 동산도 모두 사라지고 콘크리트 옹벽 위로 새 건물이 들어서 있었다. 나는 지금도 진달래가 피는 4월이 되면 스무 살도 안 된 봄날 교정의 그 풍경이 떠오르고 설렘 가득했던 새내기 대학시절로 되돌아가곤 한다. 마치 다시는 돌아갈 수 없는 옛집을 떠올리듯이 말이다.

꽃동산은 꽃이 많을수록 더 아름답다. 꽃이 적은 꽃동산은 그 자태를 뽐내기엔 역부족이다. 지난 오월 고향에 갔다 만개한 철쭉을 보러 황매산엘 갔다. 철쭉은 능선과 그 능선 너머로까지 이어져 꽃동산은 끝이 없었다. 담양에 있는 명옥헌 원림은 배롱나무 동산이어서 더 아름답다. 연못 속 작은 방도(方島, 연못 속 작은 섬)의 한 그루 배롱나무는 고고하기까지 하다. 늦여름 백일홍이 피기 시작하면(개화 시기 7~10월) 땅에도 연못에도 온통 붉은 꽃들의 향연이 펼쳐진다. 봄날에 찾았던 나는 붉은 백일홍에 취하지 못했지만, 그에 못지않게 고목의 가지들이 만들어낸 세월의 흔적들을 탐할 수 있었다. 명옥헌의 배롱나무는 무려 3대에 걸쳐 심었고 후손들이 300년 넘게 가꾸어 오고 있다.

배롱나무 숲으로 둘러싸인 이곳은 4,000여 평(13,484㎡)이 넘는 공간이지만 건축물은 달랑 삼 칸 한옥인 명옥헌 한 채뿐이다. 그러기에 명옥헌은 단연 돋보인다. 단순 소박해서 더 돋보이는 것 같다. 입구에 들어서면 연못과 배롱나무만 눈에 들어온다. 연못가 오솔길을 따라가다 보면 야트막한 언덕 배롱나무 사이로 작은 집이 마치 무대의 배경처럼 보인다. 전면 세 칸 측면 두 칸인 명옥헌은 가운데에 방이 하나 있고, 그 주위로 빙 둘러 마루로 구성돼 있다. 명옥헌 마루에 앉아 연못에서 불어오는 바람소리에 귀 기울이면 그것만으로도 이곳에 온 보람을 느끼게 해준다. 명옥헌을 찾은 봄날, 때마침 찾아오는 이들이 없어 마치 은자의 처소에 몰래 들어온 것과 같은 기분마저 들었다.

가스통 바슐라르가 쓴 『공간의 시학』에는 '꿈꾸는 집'에 대한 일화가 소개돼 있다. 프랑스 시인 뒤시(Ducis)는 그의 집, 화단, 채소밭, 작은 숲 등을 노래한 시편들을 썼는데 젊은 시절부터 조그만 정원이 딸린 시골집을 하나 가지기를 바랐으나 가난한 시인의 현실은 그럴 수 없었다. 그러자 칠십의 나이에 그런 집을 자신의 시인으로서의 권능으로 돈 들이지 않고 스스로 만들어 가질 결심을 하게 되었다. 처음에는 집을 가지는 것으로 시작했으나, 뒤이어 소유의 취미가 커져서 정원과 다음에는 작은 숲 등을 덧붙여 가졌다. 다만 그 모든 것은 현실적으로 성취한 것이 아니라 그의 상상

속에만 존재하는 것이었다. 이는 가난한 시인의 꿈꾸는 집에 대한 웃픈 일화다.

명옥헌을 처음 짓던 이도 처음에는 이 넓은 터에 다양한 집짓기를 몽상했을 것이다. 그게 누구나 꿈꿀 수 있는 집에 대한 욕망이기 때문이다. 하지만 명옥헌 사람들은 이 터에 건축주의 자랑과 위세, 욕망을 깃들게 하기보다 자연과 합일을 이루는 명옥헌을 지었다. 명옥헌은 정자를 축으로 두 개의 연못에 배롱나무 숲으로 원림을 구성하고 있다. 명옥헌을 지은 사람들은 어쩌면 장 자크 루소나 헨리 데이비드 소로를 앞질러 산 선구자가 아닐까 싶다. 루소나 소로의 명성은 이들이 지향한 삶의 전원성에 기인한다. "우리의 몽상은 은신할 집을, 계곡 속에 있는 소박하고 외딴 조용한 집을 바란다. 우리가 '몽상의 집'이라고 부르는 것이 바로 이 근원적인 꿈이다." 명옥헌을 여기에 대입해도 아무 손색이 없을 것 같다.

프랑스 작가 조르주 상드에 따르면, 사람들은 궁전을 짓기를 바라는 사람과 오두막집을 짓기를 바라는 사람으로 분류된다. 여기에 조르주 상드는 덧붙인다. "성을 가지고 있는 사람은 초가집을 꿈꾸고, 초가집을 가지고 있는 사람은 궁전을 꿈꾼다"고 말이다. 이 말은 결국 궁전이나 누각이 아니라 작은집, 초가집으로 환원된다. 초가집에 사는 사람이 궁전을 꿈꾸지만 결국 궁전에서 사는 사람도 다시 초가집을 꿈꾸기 때문이다. 그것은 집이 주는 원초적 안락함이 어디에 있는가를 깨닫게 한다. 해남 대흥사 일지암 초옥은 초의선사가 다도를 즐겼던 곳이다. 다산 정약용, 추사 김정희, 소치 허련 등도 이 초옥을 찾았다. 무엇이 이들을 이 산사의 한적한 오두막집으로 이끌었을까. 그들은 이곳에서 차를 마시고 시를 짓고 달밤의 고요를 즐겼을 것이다. 은자의 촛불로 밤을 보냈을 것이다.

고등학교 1학년 11월 초에 친구들과 지리산 불일폭포에 단풍놀이를 간 적이 있었다. 폭포에 도착해 보니 물이 부족해 겨우 물줄기만 비쳤다. 이내 하산을 하면서 내려오는데 도중에 작은 오두막집이 있었다. 그 집을 배경으로 사진을 찍었다. 이후 불일폭포에 간 적이 없다. 그 오두막집은 아직도 건재할까. 살아가다 가끔 문득 까닭 없이 그 오두막집이 생각날 때가 있다.

누구나 성채와 같은 저택을 원하면서도 또한 초가집을 희구한다. 저택에서도 내밀함은 큰방이 아니라 작은방, 구석진 방에 깃들어 있다고 한다. 에라스뮈스의 전기 작가는 이렇게 쓰고 있다. "그의 아름다운 저택에서, 그의 조그만 몸을 안전하게 숨길 수 있는 보금자리 같은 구석진 곳을 찾아내 오랜 시간을 보냈다. 필경 그는 그에게 필요한 데워진 공기를 호흡할 수 있을 정도로 좁은 방에 칩거했다." 성채의 큰 방에서는 잠을 쉬 이루기 힘들다. 잘 자기 위해서는 큰 방에서 자지 말아야 한다는 말이 있다. 이는 집이 주는 안락함이 어디에 있는지를 깨닫게 한다. 안동 임청각에서 우물방은 바로 에라스뮈스가 말한 그런 방이 아닐까 싶다. 나만의 비밀 은신처 말이다. 유년 시절 옛집에는 그런 비밀의 방이 있었다. 그래야 옛집인 것이다.

강진에 있는 백운동정원은 성채의 저택과 초옥의 오두막집을 두루 갖추면서 자연 속에 선비의 은거 문화를 몽상적으로 배치해 놓은 곳이다. 백운동이란 '월출산에서 흘러내린 물이 다시 안개가 되어 구름으로 올라가는 마을'이라는 뜻이다. 다산 정약용은 1812년 9월 12일 제자들과 월출산에 갔다 이곳에서 하룻밤을 묵고 경치에 반해 제자 초의선사에게 〈백운동도〉를 그리게 했다. 여기에 백운동 원림의 12경을 노래한 시문을 담았다. 백운동 원림에는 안채에 해당하는 '백운유거'를 비롯해 초옥인 취미선방과 월출산을 조망할 수 있는 정선대가 있다. '신선이 머무는 곳'이라는 정선대(停仙臺)의 명칭에서 알 수 있듯이 속계와 선계를 한 테두리에 망라하고 있다. 말하자면 집에 대해 몽상할 수 있는 모든 것을 몽상한 곳이라고 해도 과언이 아니다.

그런데 〈백운동도〉에는 원림의 중심이라고 할 수 있는 본채는 포함되어 있지 않다. 대신 초가집인 취미선방이 9경에 올라 있다. 백운동 원림에서 내밀함의 중심은 바로 위엄 있는 한옥 본채가 아닌 삼간 초옥으로 지은 사랑채인 취미선방이 차지하고 있는 것이다. 취미선방(翠微禪房)은 '산허리에 있는 꾸밈없고 고즈넉한 작은 방'이라는 뜻이다. 취미선방 앞에는 다산이 지은 '취미선방' 시가 적힌 푯말이 있다.

> "닭장과 섬돌 빛깔 한 줄 흔적이
> 푸르른 산 빛을 점찍어 깬다.
> 여태도 세그루 나무 있으니
> 예전부터 좁은 집에 살던 것일세."

취미선방은 은자의 오두막집의 전형적인 초상이다. 밤 한

가운데 이곳을 찾는다면 새어 나오는 그 불빛만으로 은자의 방에 들어가고 싶을 것이다. 취미선방은 또한 추억으로 되돌아갈 수 있는 옛집을 떠올리게 한다. "옛집들의 추억들이 되돌아오면, 우리는 '변함없는 어린 시절'의 왕국으로 되돌아간다. 우리는 보호받은 추억들을 되삶으로써 기운을 되찾는 것이다."

어린 시절 살던 옛집에서는 지금은 뵐 수 없는 부모님과 조부모님, 때로는 외할머니를 추억함으로써 그것만으로도 어떤 위안을 얻고 기운을 얻게 된다. 우리가 옛집을 찾는 이유가 여기에 있다. 집이 허물어졌어도 그 집터를 찾아 방의 흔적과 기억들을 되살리려 애쓰는 까닭도 여기에 있다. 이를 가스통 바슐라르는 '요나콤플렉스'라고 명명한다. 어머니의 태반 속에 있을 때 무의식 속에 형성된 이미지로서, 우리가 어떤 공간에 감싸이듯이 들어 있을 때 안온함과 평화로움을 느낀다는 것이다. 옛집과 옛집의 추억이 주는 아늑한 보호는 마치 탯줄처럼 이어진 것처럼 느끼게 된다는 것이다. 장 바알은 옛집을 이렇게 노래한다.

"그리고 나는 옛집의 그

다갈색 따뜻함이

내 오관에서 마음으로

다가옴을 느낀다."*

    요즘 집들에도 옛집이 지닌 근원적인 몽상이 깃들 수 있

을까.(『한국수필』, 2022년 11월호)

* 가스통 바슐라르, 『공간의 시학』, 곽광수 옮김, 동문선, 2003, 136쪽 재인용.

집은 떠남과
돌아옴의 간이역이다

지난해 겨울 밀린 원고를 쓰다 빌 게이츠의 '추천 도서 목록'이 담긴 자료를 보았다. 그때 추천 도서 가운데 미국 작가 에이모 토울스의 『모스크바의 신사』가 끌렸다. 1917년 시작된 러시아 혁명기를 배경으로 쓴 소설로 주인공 알렉산드르 일리치 로스토프 백작은 혁명 세력의 신문 끝에 그가 묵고 있던 메트로폴 호텔의 스위트룸에서 쫓겨나 감금당한다. 그런데 그 장소가 의외였다. 다름 아닌 그가 묵었던 3층의 스위트룸에서 3개 층을 더 올라간 다락방이었다. 로스토프 가문의 10대손인 백작은 집사나 하녀들이 묵었던 다락방에서 1922년 6월부터 1954년 여름까지 무려 32년 동안 호텔에 감금당한 채 지낸다. 인간은 자신의 환경을 지배해야 하며 그러지 않으면 그 환경에 지배당할 수밖에 없다는 신념으로 버틴다. 호텔 식당에서 종업원으로 일하며 혁명으로 인해 자신에게 닥친 불행을 온몸으로 이겨낸다. 그에게 호텔은 감방이자 '살아내기 위한 집'이었다.

집이란 어떤 곳일까. 대부분 집에서 머무는 시간은 짧고 집을 떠나있는 시간은 긴 것 같다. 나는 고등학교 진학을 위해 고향집을 떠났다. 주말이나 방학 때 방문해 잠시 머물다 다시 떠났다. 24살 때에 합천호로 인해 고향집은 수몰되었다. 집을 떠난 이후 무려 서른 번 넘게 거처를 옮겨 다녔다. 서른두 살에 결혼한 이후에도 거의 2년마다 한 번씩 이사를 했다. 지금 살고 있는 한옥집은 결혼 후 열두 번째 집이다. 2017년부터 6년째 살고 있는데 고향을 떠난 이후 가장 오랫동안 살고 있는 집이다.

소설에서 로스토프 백작도 고향집 저택에서 머무는 시간은 그리 길지 않았다. 대학에 들어가기 위해 집을 떠났고 여행을 위해 집을 떠났다. 1918년 백작은 파리를 여행하던 중 차르가 죽자 급히 사과나무가 늘어서 있는 고향집으로 돌아간다. 백작은 집 안의 가구 중에서 가장 좋은 것을 골라

마차 한 대를 채운 다음 문에 빗장을 지르고 나서 집을 떠난다. 그리고 모스크바 메트로폴 호텔에 도착해 3층의 스위트룸에 머문다.

때로 바람만큼 유혹적이고 치명적인 게 있을까. 때로는 우리가 어떤 기억을 떠올리는 것은 그 바람에 실려 온 어떤 내음 때문이 아닐까 싶다. 유년의 기억도 바람에 실려 오기도 한다. 백작은 어느 날 미풍에 이끌려 종탑이 있는 호텔의 옥상으로 간다. "백작에게 손짓했던 미풍은 이제 온전히 그를 감쌌다. 따뜻하고 너그러운 바람은 다섯 살이나 열 살, 혹은 스무 살 시절에 상트페테르부르크의 거리나 티히차스의 풀밭에서 느꼈던 어린 시절 여름밤의 느낌을 불러일으켰다."* 백작은 미풍에 그만 헤어나기 힘들 만큼 옛 생각에 푹 젖고 만다. 호텔 지붕으로 올라간 그는 그곳에서 호텔의 문을 수리하는 잡역부 노인과 조우한다. 지붕 위는 잡역부의 아지트였다. 노인의 고향도 백작과 같은 니즈니노브고로드였다. "사과꽃이 눈처럼 떨어지는 곳이죠."** 두 사람은 각자의 어린 시절 이야기를 나누었다. 시야가 온통 사과꽃으로 가득하던 시절의 이야기였다.

백작이 호텔 다락방에서 감금 생활을 한 지 4년째. 백작은 지붕 위로 올라가 자살을 시도한다. 그 순간 다시 노인이 나타났고 백작에게 옥상에서 채취한 꿀을 건넸다. "꿀의 향이 입안 가득 퍼졌다. 그 꿀은 모스크바 중심부의 꽃나무가 아니라 풀이 무성한 강둑과 여름날 산들바람의 흔적 등을 떠올리게 했다. 무엇보다도 그 꿀에는 꽃이 만발한 수많은 사과나무를 암시하는 또렷한 향이 있었다." 그 꿀은 모스크바 라일락과 벚꽃이 아니라 니즈니노브고로드의 사과나무 꽃들을 여행하고 돌아온 벌들이 만든 꿀이었다고 상상하게 했다. 노인은 흥분한 나머지 "얘들이 수년 동안 줄곧 우리가 나누는 얘기를 들었던 게 틀림없다"고 백작에게 말한다. 고향의 향이 느껴진 사과꽃 꿀을 먹고 백작은 자살을 포기한다. 꿀맛에서 느껴진 고향의 사과꽃 향기가 그를 다시 살아가게 한 것이다.

백작이 호텔에 감금된 지 32년, 자살소동이 있은 지 28년이 흐른 어느 여름날. 마침내 백작은 삼엄한 경비를 뚫고 호텔을 탈출한다. 그런데 그가 향한 곳은 뜻밖이었다. 혁명 세력은 백작의 흔적을 쫓은 결과 상트페테르부르크를 거쳐 북유럽으로 탈출했을 거라며 그곳으로 요원들을 보낸다. 정작 백작이 향한 곳은 고향 티히차스의 사과나무 숲이었다. 백작의 눈앞에 펼쳐진 저택은 수십 년 전에 불에 타서 황폐화되어 있었다. 백작은 부모가 콜레라로 돌아가신 후 할머니의 사랑을 한 몸에 받으며 자랐다. 국외로 탈출할 수 있었던 백작이 굳이 고향집으로 온 이유는 무엇일까. 건축가 승효상은 "유목이 아니라 정주하는 이들에게 주거는 자신의 정체성을 확인할 수 있는 유효한 수단이며, 그래서 하이데거는 정주는 존재 자체라고 했다"고 강조한다. 이는 오디세우스가 트로이 전쟁터를 떠나 갖은 유혹과 역경을 이겨내고 고향 이타카로 돌아간 이유일 것이다.

"집 떠나가 배운 노래를

집 찾아오는 밤

논둑길에서 불렀노라.

나가서도 고달프고

돌아와서도 고달팠노라."***

「옛 이야기 구절」은 정지용이 24살 때인 1925년 4월에 쓴 시다. 방학 때 고향을 다녀와서 일본에서 쓴 시라고 짐작할 수 있다. 4대 독자로 옥천에서 태어나 가족의 사랑을 독차지하고 자란 정지용은 열일곱 살인 1918년 서울의 휘문고보를 다니면서부터 대부분 집을 떠나 있었다.

집은 떠남과 돌아옴을 숙명으로 안고 있다. 단지 머물러 있는 공간은 집의 본질적인 기능이 아닐지도 모른다. 로스토프 백작이나 정지용 시인, 또는 우리 대부분은 성장기를 거치면 자신이 태어난 집을 떠나게 된다. 집에 머무는 시간은 긴 것 같지만 생각보다 짧다. 로스토프 백작은 페테르부르크에서 대학을 다니다 방학이면 사과나무가 늘어선 길을 지나 집으로 갔다. 정지용 또한 서울로, 일본으로 유학을 떠났다.

나는 지난여름 아들을 호주로 보내면서 이런 편지를 써준 적이 있다. "머문 사람과 떠나는 사람. 어쩌면 인생의 변화와 도약은 떠남이 있기 때문에 가능한 것 같다. 아빠도 고향집을 떠나면서 긴 변화의 시작이었고 지금 삶을 일굴 수 있었다⋯⋯." 내가 그랬듯이 아들 또한 성장기를 보내고 집을 떠났다. 떠남은 토울스의 말처럼 인간 경험의 일부인 것이다. "사샤, 네가 집에 오니 정말 좋구나. 배고프겠다. 먼저 나랑 같이 차 한잔 하자꾸나."**** 로스토프 백작의 할머니가 파리에서 급거 귀향한 손자에게 한 말이다. 이런 말 한마디에 비로소 집에 온 것을 실감하고 안도하게 된다. 이런 따스한 기억들이 지친 몸을 이끌고 집으로 돌아오게 하는 것이다. 집이 잠시 머물다 떠남을 숙명적으로 안고 있다면 이것이야말로 '집의 패러독스'라고 할 수 있지 않을까. 집은 떠남과 돌아옴이 교차하며 잠시 머무는 간이역인 셈이다.

나는 수년 전에 수몰된 고향마을의 호수가 내려다보이는 언저리에 우연하게 땅을 구입해 작은 삼 칸 한옥을 지었다. 당호를 '지지산방(知知山房)'으로 짓고 모든 것이 호수에 묻혀버린 그 쓸쓸함을 담아 기문을 지었다.

"고향에 집을 지으니 이보다 더 좋을 수 없다
대궐 같은 집이 이보다 더 편안할까
누대가 살던 마을, 그 정답던 사람들은 다 어데 갔는가
무더위 식히던 동쪽 작은 동메만 쓸쓸히 물속 고향을 기억하네……."

현대 건축의 거장인 르코르뷔지에는 '집은 살기 위한 기계(주거 기계)'라고 했다. 지지산방은 어쩌면 이 명제에는 부합하지 않는다. 지지산방은 살기 위한 기계라기보다 나의 정

체성을 보증해줄 수 있는 건축물이다. 요즘에는 코르뷔지에의 주거 기계들이 늘어가고 있다. 반면 기억들이 켜켜이 새겨져 있는 집들은 항변조차 못하고 역사의 뒤안길로 허물어지고 있다. 농촌에는 마을마다 거대한 집들의 무덤으로 변하고 있다. 그런데 집이 '주거 기계' 그 이상의 무엇이 없다면 그게 진정 집일까. 그런 주거 기계에서 우리는 무엇으로 자신의 정체성을 확인하며 살아가게 될까. 혹여, 요즈음 새집의 콘크리트 내음이 사과꽃 향기처럼 정체성을 확인해주는 향기로 둔갑하게 되지는 않을까. 옛 정주 시대의 본가와 어쩌면 지금 노마드 시대의 본가는 다른 풍경이 펼쳐질지도 모른다. 그렇다면 과연 오디세우스로부터 시작된 인간의 귀향 본능은 정주에서 유목으로 질주하는 이 시대를 건너서도 과연 계속될 수 있을까.

토울스의 『모스크바의 신사』는 집 혹은 귀향에 대한 근원적인 생각을 다시금 하게 된다. 부모님과 함께 어린 시절을 살았던 집은 영원한 노스탤지어의 본가이다. 그래서 우리는 모두 그 노스탤지어를 따라 집(본가)으로 가고 있는 중이다.(『한국수필』, 2022년 12월호)

* 에이모 토울스, 『모스크바의 신사』, 서창렬 옮김, 현대문학, 2018, 202쪽.

** 에이모 토울스, 『모스크바의 신사』, 207쪽.

*** 민병기, 『정지용-20세기 한국시의 성좌』, 건국대출판부, 1996, 32쪽.

**** 에이모 토울스, 『모스크바의 신사』, 28쪽.

제3부

사랑, 야누스

'딸바보' 고리오

프랑스 출신의 오노레 드 발자크의 소설 『고리오 영감』 (1935)은 돈에 의해 '도구적'으로 전락해버린 아버지란 존재에 대해 새삼 경각심을 가지고 읽을 수 있는 소설이다. 소설에서 제면업자인 고리오는 매년 6만 프랑 이상을 벌어들이는 큰 부자였지만, 자신을 위해서는 1,200프랑 이상 쓰지 않았다. 딸들의 기분을 충족시키는 것만이 그의 유일한 행복이었다. 요즘 표현으로 하자면 '딸바보'의 전형이다. 어릴 딸들은 승마를 했고 마차를 가졌다. 아무리 돈이 많이 들더라도 딸들이 원하면, 이 아버지는 서둘러서 그 소망을 충족시켜 주었다. 아버지는 선물의 대가로 단지 한 번만 딸들을 껴안아 보는 것으로 만족했다.

『고리오 영감』은 금전만능의 사회상에 대한 통렬한 풍자로 유명하다. 돈이 많았던 고리오 영감이 환심을 사기 위해 두 딸에게 거액의 혼수비로 주면서 전 재산을 탕진한 뒤에도 죽는 날까지도 뒷바라지를 한다. 심지어 두 딸은 서로 경쟁하고 또 서로를 부인하고 아버지를 모른 체한다. 그러면서 정부(情夫)를 만나 쓸 비용을 조달하기 위해 아버지의 남은 재산을 털었다. 고리오가 싸구려 하숙방에서 죽어 가는데도 딸은 무도회에 입고 갈 의상비를 달라고 조른다. 고리오는 식기를 팔고 종신연금증서를 저당잡혀 딸에게 돈을 준다. 하지만 돈을 받은 딸들은 죽어가는 임종의 순간에도 찾지 않는다.

고리오는 두 딸들이 오지 않을 거라고 하면서 "나는 이 사실을 십 년 전부터 알고 있었지"라고 토로한다. 자식들의 불효를 알고 있었지만 그래도 돈을 달라고 찾아오는 두 딸을 외면할 수 없었던 것이다. 급기야 이렇게 울부짖는다. "아! 내가 만일 부자였고, 재산을 거머쥐고 있었고, 그것을 자식에게 주지 않았다면, 딸년들은 여기에 와 있을 테지. 그 애들은 키스로 내 뺨을 핥을 거야!"*

우리나라에서 딸들에 대한 소설은 많지만, 그중에서 박경리의 『김약국의 딸들』(1962)이 있다. 두 작가가 이 소설들을 쓴 시기가 우연하게도 서른일곱 살 때였다. 아마도 한창 자녀 양육을 하는 시기여서 더 공감을 불러일으키는 작품을 쓸 수 있었을 터이다. 박경리는 이 소설에서 이런 경구를 남긴다. "옛날에 자식 앞세우고 길을 가면 배가 고파도, 돈을 지니고 가면 배 안 고프다 안 카드나." 발자크도 이 소설에서 이런 경구를 남긴다. "아! 여보게, 자네는 결혼하지 말게. 결코 자식을 낳지 말게! 자넨 자식들에게 생명을 주지만, 그 애들은 자네에게 죽음을 줄 거야……."** 고리오 영감은 죽음을 앞두고도 자신의 돈에 눈독을 들이는 딸들을 보고 이렇게 절규한 것이다.

"발자크는 엄청난 재산 뒤에는 언제나 범죄가 있게 마련이라고 말했죠." 이는 엘리스 슈뢰더의 『스노볼』에 나온다. 『스노볼』은 세계 최고의 존경받는 부자 가운데 한 사람인 워런 버핏에 대한 자서전이다. 버핏은 슈뢰더에게 『고리오 영감』에 나오는 이 문장을 들려주면서 자서전을 부탁한다. 버핏은 성공적인 자녀 교육으로도 유명하다. 『고리오 영감』에서 보듯이 아버지의 성공적인 인생 경영의 시작은 어쩌면 '자녀 경영'에 달려 있다고 해도 과언이 아닐 것이다. 고리오 영감은 버핏에게 반면교사가 아니었을까.

주말에 산책을 나갔더니 젊은 부부가 두 딸과 함께 걸어 오고 있었다. 이 광경을 보면서 문득 『고리오 영감』에 나오는 두 딸인 아나스타지와 델핀이 떠올랐다. '저 아빠는 두 딸들로 인해 행복한 미래로 갈까, 아니면……'

"내 인생, 바로 내 인생은 내 두 딸에게 달려 있소. 그애들이 행복하다면, 내 새끼들이 우아하게 옷을 입는다면, 그 애들이 융단 위를 걸어 다니기만 한다면, 내가 무슨 옷을 입건 내가 누운 곳이 어디이건 무슨 상관이 있겠소?"***

고리오의 이 말처럼 아직 이런 생각을 가지고 있는 부모가 있다면 이 소설은 꼭 읽어봄 직하다. 우리 사회에서도 조금만 귀를 기울여보면 수많은 『고리오 영감』의 이야기를 들을 수 있다. 고리오 영감이 있는 곳에는 또한 수많은 '아나스타지와 델핀' 같은 딸들이 있을 것이다. 『김약국의 딸들』에서 이혼한 용숙 같은 딸 말이다. 이 소설이 재현하고 있는 모습은 부모라면 그 누구도 결코 당사자가 되고 싶지 않을 것이다. 돈을 많이 가진 부모라면, 더욱이 딸바보라면 이 소설을 읽고 버핏처럼 교훈을 되새기고 실천한다면 자

식으로 인한 '불행한 미래'를 비켜나갈 수 있지 않을까.(『월
간에세이』, 2016년 6월호)

* 오노레 드 발자크, 『고리오 영감』, 박영근 옮김, 민음사, 1999, 368쪽.
** 오노레 드 발자크, 『고리오 영감』, 367쪽.
*** 오노레 드 발자크, 『고리오 영감』, 181쪽.

사랑의 두 얼굴

윌리엄 셰익스피어 작품들은 먼저 인간관계에서 생겨나는 문제를 가장 밑바닥에 깔고 있다. 그의 인간에 대한 관심 중 기본적인 것은 '흔들리는 가족'에 관한 것이다. 가족은 우리 사회에서 볼 수 있듯이 권력의 야망, 탐욕, 사랑 등에 의해 위기에 처하거나 해체에 이르게 된다. 셰익스피어의 4대 비극 모두 그 중심에는 현재진행형처럼 다가오는 '위기의 가족'을 두고 있다. 비극 「오셀로」에서는 무어인 장군과 사랑에 빠진 데스데모나는 아버지의 반대를 무시하고 사랑을 찾아 집을 나가지만 그 '징벌'로 비련의 여인이 된다. 4대 비극 가운데 하나인 「오셀로」(1604)는 용맹스

러운 흑인 장군 오셀로가 부하 이아고의 간계에 빠져 젊고
아름다운 아내 데스데모나의 정절을 의심하다 의처증으로
결국 아내를 목 졸라 살해한다는 이야기다. 이 극에서 데스
데모나의 비극은 가부장적인 아버지의 권위를 무시한 데
서 출발한다. 아버지 브라반쇼는 "세상의 아버지들이여, 자
식을 믿지 말라"라고 말한다. 브라반쇼는 급기야 오셀로에
게 "그녀를 지켜봐라, 무어인이여, 아버지를 속였으니 너도
속일지도 모른다"라고 경고한다. 결국 브라반쇼의 예언은
현실화된다.

셰익스피어의 작품에는 매력적인 배역이 등장하는데 다
름 아닌 '매력적인 악당'이다. 주인공은 아니지만 주인공
못지않게 극을 지배한다. 「오셀로」에서 이아고가 그 전형
적인 악당이다. 이아고는 자신이 바라던 오셀로 장군의 부
관 지위를 카시오에게 빼앗기자 오셀로를 파멸시키기로 하
고 이를 실행한다. 그 실행과정에 비치는 이아고는 교활하
고 사악하기 그지없다. 이간질의 명수다. 그러나 이아고는
매력적인 인물이다. 그는 인간의 약점을 간파하는 『파우스
트』의 메피스토펠레스적 혜안을 가지고 있다.

이아고의 아내 에밀리아는 데스데모나의 하녀로 나온

다. 이아고의 간계에 의해 에밀리아는 데스데모나의 손수건을 훔쳐 남편에게 넘겨준다. 이아고는 폐부를 찌르는 말을 한다.

　"공기처럼 가벼운 물건도
　질투심에 사로잡힌 자에게는
　성서만 한 증거가 될 수 있지."(3막3장)*

　손수건을 손에 쥔 아이고는 오셀로의 부관이 되지 못한데 대한 분풀이로 계략을 꾸미고 오셀로의 가슴을 향해 불화살을 당긴다. "장군님은 부인께서 딸기무늬 수가 놓인 손수건을 가지고 계신 것을 본 적이 있습니까? 오늘 카시오가 그것으로 수염을 닦는 것을 보았습니다." 이아고는 "정조야 어디 눈에 보이는 겁니까?"라고 말한다. 이런 간계에 넘어가지 않을 남자가 있을까! 급기야 오셀로는 정숙한 아내 데스데모나에게 "창녀"라고 소리친다. 이아고는 마침내 오셀로를 파멸시킨 것이다. "내 마음은 이미 돌로 변했어"라고 말하는 오셀로에게 데스데모나는 마지막까지도 남편을 사랑한다고 말한다. 남편은 아내에 대한 믿음의 끈을 끊었지만, 아내는 결코 그 끈을 놓지 않았다. "죄가 있다면 당신을 사랑하고 있다는 것뿐이에요"라는 아내의 마지막 항변에도, "그래, 바로 그것 때문에 당신은 죽어야 해!"라고 대못을 박는다.

여기서 그 유명한 "죽이고 사랑하노라"(5막 2장)라는 대사가 오셀로의 입에서 탄식처럼 흘러나온다.

> "한 번 더, 또 한 번 더 키스를
> 죽더라도 이대로 있어 다오.
> "죽이고 사랑하리라. 하늘은 사랑하는 사람에게도 벌을 주니까."(5막 2장)**

셰익스피어 시대나 지금이나 '사랑의 얼굴'은 때로 행복한 얼굴을 하다가 어느새 난폭해지곤 한다. 누구나 사랑에 빠지면 오셀로처럼 이렇게 말할 것이다.

> "내가 그대를 사랑하지 않는다면 내 영혼은 파멸되어도 좋소. 만일 내가 당신을 사랑하지 않게 된다면 그때는 세상에 혼돈이 올 거요."(3막 3장)***

그러다 조금만 의심이 생겨도 그 맹세는 온데간데없다. 더욱이 이아고 같은 인물이 주변에 있어 아내의 정조를 의심하게 만든다면 금세 눈과 귀가 멀게 된다. 이에 셰익스피어는 말한다.

"사랑이 피어날 때도
사랑이 질 때도
먹고 눈멀 것이다."****

주인공 오셀로는 그 굳건하던 사랑이 얼마나 위태한지를, 쉽게 금이 가는지를 보여주는 '의처증에 빠져드는 인물'의 전형이 아닐까. 우리 또한 이아고 같은 처지가 된다면 그 '대상자'를 파괴하고 싶은 치명적 유혹에 빠져들지는 않을는지……. 혹은 살아가면서 어쩌면 가장 경계해야 하고 피해야 할 유형이 바로 이아고 같은 인물일 것이다.(『월간에세이』, 2016년 7월호)

* 안병대, 『셰익스피어 읽어주는 남자』, 명진, 2011, 157쪽.
** 안병대, 『셰익스피어 읽어주는 남자』, 132쪽.

*** 윌리엄 셰익스피어, 『한 권으로 읽는 셰익스피어 4대비극 5대 희극』, 셰익스피어연구회 옮김, 아름다운날, 2013, 165쪽.
**** 안병대, 『셰익스피어 읽어주는 남자』, 136쪽.

'저 너머'에는

한 의학도가 있었다. 그는 의사면허를 딴 후 시골에서 개업을 하고, 미모의 여성을 아내로 맞이했다. 아내는 평범한 시골 생활과 남편과의 결혼 생활에 이내 염증을 느껴 불륜에 빠져든다. 더욱이 불륜 비용을 마련하기 위해 돈을 빌려 쓰다 음독자살한다. 아내의 부정을 안 의사는 비탄 끝에 자살한다.

요즘 사건 보도와 같은 이 내용은 1850년대 프랑스에서 실제로 일어난 것이다. 의사 들라마르 부인 델핀이 불륜을 저지르다 음독자살하고 들라마르 또한 자살한 사건이다. 이를 토대로 구스타브 플로베르가 쓴 소설이 바로 『마담 보바리』(1856)이다. 플로베르의 친구 뒤캉은 당시 사회를 떠들썩하게 한 '들라마르 사건'을 소재로 작품을 써보라고 플로베르에게 권유했고, 5년 7개월 집필 끝에 『마담 보바리』를 세상에 내놓았다.

"아! 왜 결혼 같은 걸 했지?" 엠마의 불만은 욕망을 충족시켜 주지 못하는 결혼으로부터 시작한다. 그때마다 엠마는 "우연한 다른 인연으로 딴 남자를 만날 수 있지 않았을까" 생각한다. 이는 결혼생활이 불행하다고 생각하는 여성이라면 누구나 한 번쯤 해봄 직한 생각일 것이다. 이어 그녀는 학창 시절의 다른 친구들은 결혼을 해서 도회지에서 행복하게 살 것이라 생각하게 된다. 자신의 불행은 커 보이는 반면 친구의 행복은 더 커 보이는 것이다.

"저 너머에는 행복과 정열의 광대한 나라가 끝 간 데 없이 펼쳐져 있는 것처럼 생각되었다."* '저 너머'의 판타지가 바로 엠마가 꿈꾸는 몽상의 나라이다. 그곳은 수도원에서 읽은 소설책과 그림책에서 나오는 곳, 그가 당장에 갈 수 없는 저 화려한 도시 파리 같은 곳이다. "엠마의 눈에 파리는 바다보다 더 넓어 주홍색 분위기 속에서 찬란하게 빛나는 것 같았다."**

엠마가 살던 시대에도 그렇지만 현대에도 전 세계의 여성들에게 파리는 마치 저 너머에 있는 욕망의 판타지를 실현해줄 것 같은 미지의 도시로 자리 잡고 있다. 영화나 소설 등에서 파리라는 대도시는 행복과 정열의 광막한 나라가 끝도 없이 펼쳐져 있는 것으로 그려지곤 한다. 그래서 엠마는 판타지의 욕망이 좌절된 현재보다 그 욕망을 꿈꾸는 미래로 향한다. 이런 욕망하는 엠마는 장 폴 고티에의 입을 통해 '보바리즘'이라는 용어를 낳게 했다. 보바리즘이란 현실적인 자아가 이상적인 자아를 제어하지 못하고 오히려 이상적인 자아가 현실적인 자아의 덫에 걸려서 숙명적으로 난파하고 마는 인간의 모습을 말한다.

이 소설에서 엠마의 성격을 형성하게 한 것 중의 하나가 책이다. 엠마는 수도원에서 보낸 학창시절, 기숙사에서 닥치는 대로 낭만주의 소설을 읽고 그림책을 보았다. 엠마는 "중세풍의 아치문 아래서 돌 위에 턱을 괴고서 들판 저 멀리서 흰 깃털을 꽂은 투구를 쓰고 흑마를 타고 달려오는 기사를 매일 기다리는 공주처럼 어느 오래된 궁성에서 살고 싶었다."*** 엠마는 현실에서 환상을 충족시키지 못할 때면 다시 환상 가득한 책 속으로 빨려 들어갔던 것이다.

그녀는 신혼여행과 그 단꿈에 대해서도 늘 '판타지의 욕망'을 고대하고 있었다. "날이 저물면 굽이치는 바닷가에서 레몬 향기를 맡고 밤이 되면 별장 전망대에서 둘만의 세계에 잠겨 손에 손을 잡고 미래에 대한 계획을 세우면서 별을 바라본다."****

플로베르는 엠마의 불륜 드라마를 통해 단순히 불륜을 고발하기보다 냉혹한 부르주아 사회에 대한 고발을 녹여내고 있다. 사실 엠마가 로돌프와 레옹과의 불륜 끝에 자살에 이르는데, 그 직접적인 동기는 따지고 보면 사랑(이상) 때문이 아니라 돈(현실) 때문이었다. 엠마가 치른 죄는 간음이라기보다 무절제한 낭비였다. 고리대금업자 뢰르가 등장하는 것도 이를 부각시키기 위한 장치라고 볼 수 있다. 그녀의 낭비벽은 바로 부르주아 사회의 타락상에 대한 플로베르의 고발이기도 하다. 또한 작가는 현대에 이르러 심각해지고 있는 '미디어에 의한 전염'을 경고하고 있다. 엠마가 판타지의 욕망에 빠져들게 된 것은 바로 낭만주의 연애소설이다. 소설 등 미디어가 전해주는 내용은 '현실 그 자체'가 아니라 '판타지의 현실'이라는 사실을 직시해야 한다. 끝으로 '지금-여기'서도 이따금 재현되는 엠마의 불륜이 들려주는

교훈이 있다면 '불륜은 반드시 새드엔딩으로 끝난다'라는
말이 아닐는지!(『월간에세이』, 2016년 8월호)

* 구스타브 플로베르, 『마담 보바리』, 김화영 옮김, 민음사, 2006, 543쪽.
** 귀스타브 플로베르, 『보봐리 부인』, 최현주 옮김, 2006, 61쪽.
*** 귀스타브 플로베르, 『보봐리 부인』, 40쪽.
**** 귀스타브 플로베르, 『보봐리 부인』, 61쪽.

우리는 모두 이형식이다

요즘 우리 사회를 우울하게 하는 일련의 사건들 가운데 부나 권력을 쥔 자들의 일탈 행위를 보노라면 한 개인의 탐욕이 얼마나 사회에 지대한 영향을 주는지를 씁쓸히 가늠해보게 한다. 일제 강점기에는 개인의 탐욕은 대개의 경우 타협이 필요했고, 그것은 사회와 조국에 대한 변절을 의미했다.

춘원 이광수만 해도 그랬다. 이광수는 소설 『무정』을 1917년 1월에서 6월까지 총독부 기관지인 『매일신보』에 연재하는데, 이게 바로 일제와 타협의 첫걸음이었다. 『매일신보』를 매개로 한 총독부 측의 후원은 이광수에게 야심의 실현을 향한 발판이 되어 주었지만, 친일이라는 원죄의 시작이었다. 1940년 마침내는 '가야마 미쓰로(香山光郞)'로의 창씨개명을 선언함으로써 적극적인 협력의 길에 나섰다.

"이보게 춘원……." 사람들이 가득한 다방 안에서 커다란 목청으로 이렇게 부르는 사람이 있다. "이보게, 그 자네 창씨 이름말이야…… 뭐라고 불러야 되나? '고오장'인가 '가오리야마'인가……."* 이광수는 다방에서 친구에게 이런 놀림을 당하기도 했는데, 그때마다 그의 가슴은 얼마나 적막했을까.

이광수 소설에서 한 가지 특징은 주인공이 이른바 '의무' 대신 '욕망'을 선택하는데 대부분 의무를 저버린 데 대한 '자책감'이 수반되고 있다는 점이다. 이 자책감의 문제는 그의 떳떳하지 못했던 친일 행로에 대한 이광수 자신의 내적 자괴감과 무관하지 않다고 할 수 있다.

『무정』의 경우 주인공 이형식은 시종일관 '의무와 욕망 사이'의 양자택일에 직면해서 '욕망'을 선택한 데 대한 '자책감'에 휩싸인다. 형식이 약혼하는 선형은 양반이요 재산가인 김 장로의 외동딸로서, 여학교를 마치고 미국 유학까지 준비하고 있는 유복하게 자란 처녀이다. 형식은 일찍이 부모를 여의고 가난과 외로움으로 자랐다. 가산을 팔아 신교육에 나선 박 진사의 집에 의탁해야 했고 고학으로 교사라는 신분을 얻을 수 있었다. 사정이 이러한 만큼, 형식에게 미모와 재산과 지위를 두루 갖춘 선형과의 결합 가능성은 말 그대로 새로운 신분을 획득할 수 있는 절호의 기회로 여겨질 만하다. 이는 형식이 선형과 약혼할 꿈에 젖어 선형과의 화려한 생활을 공상하고 있는 대목에서 분명하게 드러난다.

"자기의 운수에 봄이 돌아온 것 같다. (…) 사랑스러운 선형과 한차를 타고 같이 미국에 가서 한집에 있어서 한 학교에서 공부할 수가 있다. 아아. 얼마나 즐거울는지.** 그야말로 탄탄대로의 인생이 예고되어 있다.

반면 유복한 처녀인 선형에 비하면 몰락한 집안에 부모 잃고 고아로 떠돌다 기생 신분으로까지 전락한 영채는 형식에게 부담스러운 존재일 뿐이다. "영채는 나의 은사의 따님이요, 은사가 내 아내로 허락하였던 여자라. 설혹 운수가 기박하여 일시 더러운 곳에 몸이 빠졌다 하더라도 구원의 책임이 있다."*** 그러나 그의 욕망은 이미 선형 쪽을 향하고 있고 영채를 사랑하겠다는 그의 다짐은 다짐으로 그치고 만다.

이광수의 삶과 소설 『무정』은 무엇보다 우리에게 '첫 단추를 잘 꿰어야 한다'는 점을 웅변해준다. 그 어떤 변명과 합리화에도 불구하고 이광수의 정치적 타협은 삭막한 '현실에서 살아남기'에는 성공했지만 '역사에서 살아남기'에서는 실패한 선택이었다. 더욱이 그의 타협이 우리 민족에게 영향을 미치고 있는 것은 우리 문학의 자산인 춘원에 대한 국민적 자긍심에 먹칠을 하고 있기 때문이다.

　그러나 따지고 보면 이광수 혹은 이형식류의 타협은 예나 지금이나 흔히 볼 수 있다. 예전에도 그랬고 지금도 그렇지만 영화의 한 장면처럼 입신양명의 상징이 되다시피 한 '판검사'나 '의사'가 되면 고위층 혹은 부잣집 딸과 결혼하곤 했다. 거기에는 물론 사랑보다 욕망이 깊게 드리우고 있을 터이다. 그리고 누구나 이광수 혹은 이형식류의 선택에 직면하면 대부분 욕망을 선택하는 게 인지상정일 것이다. 『무정』을 읽으면서 이형식을 비난할 수만은 없는 이유가 여기에 있다. 80년대 대학시절을 보낸 필자는 '민주화'라는 시대정신의 실천(의무)과 '배움을 지속하라'는 선친의 유훈(욕망) 사이에서 줄다리기를 했다. "우리는 모두 잠재적으로 이형식이다!"(『월간에세이』, 2016년 9월호)

* 최주환,『제국 권력에의 야망과 반감 사이에서-소설을 통해 본 식민지 지식인 이광수의 초상』, 소명출판, 2005, 3쪽 재인용.

** 최주환, 43쪽 재인용.

*** 최주환, 43~44쪽 재인용.

집 떠난 남자의
사랑과 불안

　인류 최초의 대서사시인 호메로스의 『일리아스』가 10년째 맞은 트로이 전쟁의 마지막 과정을 다루고 있다면 『오디세이아』(오디세우스의 노래)는 이타케의 왕인 오디세우스가 트로이 전쟁 후 10년 동안 이타케로 향하는 여정에서 모험을 겪은 끝에 귀향한 후 왕비 페넬로페와 아들 텔레마코스를 다시 만나는 과정을 그리고 있다.

　아테네 여신은 오디세우스를 '지혜와 계략에 있어 인간 중에서 제일인자'로 명명하듯이 흔히 오디세우는 '지혜로운 자'의 원형을 상징한다. 그의 아내인 페넬로페는 '책략에 능한 여자'로 칭송된다. 이타케에는 왕이 전쟁에 나가 돌아오지 않자 왕이 죽은 줄 알고 왕비를 차지하기 위해 구혼자들이 몰려들었는데, 이때 시간을 벌기 위해 왕비가 시도한 '옷감 짜기'의 책략 때문이다. 페넬로페는 3년 동안 늙은 시아버지 라에르테스의 수의를 짜고 다시 푸는 것을 되풀이한다. 남편인 오디세우스 왕의 귀향을 기다리면서 구혼자들을 물리치기 위한 시간을 벌기 위해서였다. 여기서 페넬로페는 서구에서 '정조의 여인'의 원형으로 불리게 된다.

그런데 뜻밖에도 호메로스는 정절의 여인 페넬로페에 대해 의혹의 시선으로 접근한다. 오디세우스가 아내의 정절을 의심하게 이끈다. 포세이돈의 노여움(그의 아들을 죽였기 때문)으로 인해 바다를 표류하는 오디세우스는 무사히 고향으로 돌아갈 수 있는지에 대한 지략을 듣기 위해 맹인 예언자 테이레시아스를 찾아간다. 그는 죽은 자들의 세계인 하데스궁에 있다. 이곳에서 오디세우스는 뜻밖에도 트로이 전쟁을 끝내고 함께 귀로에 오른 아가멤논의 영혼을 만나게 된다. 그리스군의 총사령관인 아가멤논은 귀향하자마자 그의 아내 클리타임네스트라와 그녀의 정부(情夫) 아이기스토스에 의해 살해되어 지하세계에 와 있었던 것이다.

아가멤논은 오디세우스에게 고국에 당도했을 때의 처신에 대해 충고한다. "그대는 그대의 배를 사랑하는 고향 땅에 몰래 대고 남들이 보지 못하게 하시오. 여인들은 더 이상 믿을 수 없기 때문이오."* 오디세우스는 고향에 도착해 먼저 아들 텔레마코스와 상면하게 되는데, 아가멤논의 조언대로 아무에게도 자신의 귀향 소식을 알리지 말 것을 당부하고선 자신의 신분을 속이고 거지로 행세한다.

호메로스는 또한 페넬로페의 행동에 대해 '정절의 여인'의 이미지와는 상반되게 그리고 있다. 그 한 대목이 페넬로페가 '손님 거지'인 오디세우스에게 자신이 꾼 꿈 이야기를 들려주는 대목이다. 꿈의 내용은 열두 마리 거위가 물에서 나와 밀을 먹고 있는데 하늘에서 커다란 독수리가 날아 내려와 거위들의 목을 쪼아 모조리 죽이고는 공중으로 날아가 버렸다. 독수리가 다시 내려와서는 페넬로페에게 "거위들은 구혼자요, 나 독수리는 돌아올 남편이라오. 나는 구혼자들 모두에게 끔찍한 파멸을 줄 것이오!"라고 했다. 페넬로페는 독수리가 돌아온 남편이라고 말하면서도 정작 꿈의 예시(豫示)마저 거부한다.

그리고 페넬로페는 예전에 오디세우스가 했듯이 한 개의

화살로 열두 개의 도낏자루를 모두 꿰뚫는 자에게 시집을 갈 것이라며 구혼자들에게 시합을 제안한다. 아내의 이 말을 들은 오디세우스의 마음은 얼마나 쓸쓸했을까. 오디세우스는 아내를 놓치지 않기 위해 마지못해 그 시합에 참여해 승리한다. 오디세우스가 돌아와 시합에 승리해 구혼자들을 소탕한 사실을 유모가 알려주지만 페넬로페는 유모의 말을 '꾸며낸 이야기'로 단정한다. 심지어 단잠을 깨웠다며 유모를 달갑지 않은 전령이라고 부른다. 호메로스가 이렇게 묘사한 것은 바로 사랑하는 여인에 대한 남성들의 불안 심리를 담아내기 위해서라고 볼 수 있다. 그래서일까, 오디세우스는 '증오받는 자'라는 뜻을 담고 있다.

호메로스의 『오디세이아』 이후 '귀향'은 3000년 동안 서구 정신사에서 면면히 내려온 주제가 되었다. 그리고 귀향의 핵심에는 남성들의 영원한 노스탤지어인 사랑하는 여성과 그 여성의 정절 그리고 그 불안 심리를 담아내고 있다. 즉 사랑하는 여인을 남겨두고 집을 떠난 남성들의 그 불안한 심리의 원형을 담고 있는 게 바로 호메로스의 '오디세우스'다. 청년들의 징집이 의무인 우리 현실에서 사랑하는 여인을 두고 입대해야 하는 대한민국의 이십 대 남성들이야

말로 오디세우스의 그 불안한 심리를 누구보다 가슴으로

이해할 수 있지 않을까.(『월간에세이』, 2016년 10월호)

* 변난수, 「호메로스의 페넬로페와 그녀의 여성성」, 『카프카연구』, 제19집, 257쪽
  재인용.

스크루지의 아름다운 변신

쥐어짜고 움켜쥐고 벅벅 긁어모으고 한번 잡으면 절대 놓지 않는 탐욕스러움에 거지들도 그에게는 한 푼도 구걸하지 않았다. 사무실은 얼음 창고처럼 으스스했다. 크리스마스라고 해서 사무실 온도를 단 1도라도 올리는 법은 없었다. 거리에서 그를 붙잡고 반가운 얼굴로 "어이, 어떻게 지내나? 언제 한번 식사나 한번 하지."라고 말하는 사람은 아무도 없었다.

이런 캐릭터라면 누구나 그를 가까이하고 싶지 않은 게 인지상정일 것이다. 인색하기 짝이 없는 사람은 아리스토텔레스가 『니코마코스 윤리학』에서 일찍이 말했듯이 가장 친애하기 어려운 부류의 사람이다. 영국의 소설가 찰스 디킨스가 쓴 『크리스마스 캐럴』(1843)에 나오는 주인공 스크루지는 바로 인색한 구두쇠를 상징하는 말이 되었다. 소설 『크리스마스 캐럴』은 크리스마스가 있는 연말이면 생각나는 소설이다. 주인공은 에브니저 스크루지는 말리의 상점을 공동 경영했는데, 말리가 먼저 죽고 혼자 경영한다. 그에게 차 한 잔 얻어 마셨다는 사람이 없을 정도로 스크루지는 홀로 자신만의 탐욕에 묻혀 살아간다.

"날 좀 가만히 내버려 두시오. 신사 양반, 나 자신이 크리스마스에 별로 즐겁지가 않기 때문에 게으른 사람들까지 즐겁게 해줄 여력이 안 되오."* 한 신사가 방문해 기부를 부탁하자 이렇게 말하면서 외면한다. 그는 음침한 선술집에서 홀로 저녁 식사를 하고 독신자 아파트에서 잔다. 누구를 위해 돈을 벌고 모으는지도 생각하지 않고 오직 구두쇠로 살아가는 게 인생의 목적인 양 인색한 삶을 계속한다.

그러던 어느 날 스크루지는 동업자였던 제이컵 말리가 유령으로 나타난다. 말리 유령은 앞으로 3일 동안 과거, 현재, 미래의 유령을 차례로 만난다고 그에게 전한다. 먼저 '과거의 유령'은 스크루지의 가여운 어린 시절로 데려간다.

이어 견습생 시절 자신들을 키워준 따뜻한 마음씨의 페그위치 부부를 만난다. 이어 조금씩 근심과 탐욕의 그늘이 지기 시작한 자신의 얼굴과 대면한다. 스크루지는 탐욕스러운 구두쇠가 되어가는 자신을 보게 된다. 다음날 밤 '현재의 유령'이 그를 찾아온다. 현재의 유령을 따라 그의 조카가 하는 놀이 장면을 엿본다. 조카는 "동물, 그중에서도 살아있는 동물이되, 혐오스럽고 야만스러우며, 으르렁거리고 꿀꿀대며 동물"에 비유하며 삼촌을 '혐오감을 주는 인간 이하'라고 비웃는다.

그 다음날 밤 스크루지는 '미래의 유령'에 인도되어 급기야 자신이 죽은 후의 모습을 보게 된다. 미래의 유령은 스크루지가 죽고 난 다음의 날로 데려간다. 그가 운영하는 상점이나 집안의 물건을 모두 강탈하고 팔아먹는다. 침대 위에는 모든 것을 약탈당하고 빼앗긴 채 지켜주는 이도, 울어주는 이도, 돌봐 주는 이도 하나 없는 남자의 시신이 놓여 있다. 스크루지는 교회의 묘지 터에 묻힌 자신의 초라한 묘지를 보자 그만 자신이 살아온 삶을 후회하기 시작한다. 결국 미래의 유령에게 "이게 환영이라면 앞으로는 다르게 살겠다"고 간청한다.

"무엇보다 기쁘고 다행스러웠던 점은 지금껏 저질러 온 잘못을 바로잡을 시간이 아직 남아 있다는 사실이었다! 그는 무릎을 꿇고 하나님과 크리스마스를 찬양했다."**

회개한 스크루지는 전혀 다른 모습으로 이웃들에게 선행을 베풀기 시작한다. 칠면조를 사서 한 번도 찾지 않았던 조카 프레드의 집을 방문한다. 기부를 하라면서 자신을 찾아왔던 신사에게도 기부금을 내놓는다. 직원에게 월급을 올려주고 난롯불도 지펴 사무실을 따뜻하게 한다. 스크루지는 유령에게 자신이 한 약속보다 더 많이 베풀며 살았다. 좋은 친구이자 너그러운 사장, 선량한 시민으로 살았다. 이전에는 다른 사람에게 인색했지만, 이제는 자신에게만 인색했다. 그는 수많은 사람들을 위해 베푸는 삶을 살면서도 자신에게는 완벽한 금욕주의자로 살았다.

작가는 다시 태어난 스크루지가 자선을 베풀며 뛰어다니는 모습을 보여줌으로써 희망적인 미래의 모습을 제시한다. 나아가 디킨스는 이 소설을 통해 국가의 상황이 절망적인 경우에 더 부유한 계층의 가정부터 솔선수범하여 자선을 실천하면 그 효과가 동심원처럼 확산되기를 바라지 않았을까. 바로 지금 우리 사회처럼 말이다. 누구나 '인색한'

스크루지처럼 살 수 있고, 또 누구나 '선한' 스크루지로 살

수 있다.(『월간에세이』, 2016년 12월호)

*   찰스 디킨스, 『크리스마스 캐럴』, 펭귄북스, 2009, 79쪽.
** 찰스 디킨스, 『크리스마스 캐럴』, 187쪽.

'색동'을 기다리며

"여기까지가 백마강이라고, 이를테면 금강의 색동이다. 여자로 치면 흐린 세태에 찌들지 않은 처녀적이라고 하겠다. (…) 그러나 그것도 부여 전후가 한창이지, 강경에 다다르면 장사꾼들의 흥정하는 소리와 생선 비린내에 고요하던 수면의 꿈은 깨어진다. 물은 탁하다."*

채만식의 장편소설 『탁류』의 첫머리는 군산의 배경 묘사로부터 시작된다. "색동", "여자로 치면 흐린 세태에 찌들지 않은 처녀적인" 백마강은 소설의 주인공인 초봉의 인생 역정을 암시하는 비유이다. 이 비유는 초봉이라는 개인뿐 아니라, 금강의 물줄기로 호남평야에서 농사지으며 사는 농

민들의 삶을 함축하고 있다고 하겠다. 당시 일제의 침탈 앞에 우리 민족의 꿈은 그야말로 깡그리 깨어지고 있었고 금강 하류의 탁류처럼 혼탁한 삶을 살아갈 수밖에 없었기 때문이다.

『탁류』는 1930년대 일제의 탐욕적인 자본의 수렁에서 허우적거리는 부조리한 현실을 하류에 이르면서 흐려지는 금강에 비유한다. 군산 미곡취인소(미두장)에서 일제가 조작하는 쌀 선물거래인 미두에 손을 댔다 가족의 끼니마저 챙기지 못하는 아버지 정주사의 탐욕으로 인해 불행의 나락으로 떨어지는 그의 딸 초봉이의 삶이 이 소설의 중심축을 펼쳐진다. 급기야 딸이 고태수와 결혼하면 장사밑천을 받을 수 있다는 말에 정주사는 사기꾼(은행 돈을 몰래 빼돌려 도박자금으로 쓴다)이자 호색한인 은행원 고태수에게 초봉을 팔아넘기듯 시집보낸다.

초봉은 결혼한 지 열흘 만에 불행의 나락으로 떨어진다. 고태수의 사기행각을 돕고 있던 고리대금업자 장형보는 초봉이를 차지하기 위해 고태수를 죽일 음모를 꾸민다. 고태수는 결혼 전 한 참봉(돈을 많이 벌어 주변에서 '한 서방'에서 '한 참봉'으로 불러줌) 집에 살며 그의 아내인 김 씨와 불륜 관계였고, 이것이 발각될 것을 우려한 김 씨가 고태수와 초봉의 결혼을 중매한다. 결혼 후에도 고태수는 김 씨와 놀아나자 형보는 이 사실을 한참봉에게 전해준다. 결국 형보의 간계로 고태수는 한 참봉에게 맞아죽는다. 바로 그 시각에 형보는 계획대로 초봉을 겁탈한다.

겨우 정신을 차린 초봉은 처녀 시절 점원으로 일할 때 함께 서울로 가기를 권했던 약국 주인 박제호(서울로 가서 제약회사를 차렸다)를 찾아 서울행 기차에 몸을 싣는다. 그런데 이리역에서 박제호와 우연히 재회하게 되고, 박제호는 유성온천으로 가 초봉을 농락한다. 박제호는 부인과 별거하고 있다며 초봉의 처지를 이용해 첩으로 들인다. 고태수와 장형보 그리고 박제호를 거치면서 누구의 씨인지 모르는 채 임신을 하게 된 초봉은 딸 송희를 낳는다. 제호는 초봉의 출산 이후 욕정이 시들해져 버리자 때마침 송희의 친권을 주장하며 나타난 장형보에게 초봉이를 '수화물' 넘기듯 떠넘겨 버린다. 초봉은 형보의 성적 사디즘에 못 이겨 결국 형보를 맷돌로 쳐 죽이고 만다. 이렇듯 초봉의 삶은 마치 색동 같은 금강이 하류에 이르러 탁류로 변하는 금강의 여정에 비유된다.

그런데 이 소설에는 액자소설로 산신과 거지의 이야기가 나오는데 마치 탁류의 세상에 던지는 메시지처럼 다가온다.

산신당에 거지 둘이 의좋게 살며 밥을 빌어오면 먼저 산신께 공궤(윗사람에게 음식을 드림)하기를 잊지 않았다. 하루는 산신의 아낙이 거지한테 보물을 주어서 은공을 갚자고 산신에게 권면을 하자 보물(구슬)을 주었다. 두 거지는 팔자를 고쳤다며 좋아했다. 그중 하나가 술을 사다 산신께 감사의 마음을 전하자며 술을 사러 마을로 내려갔다. 남아 있던 거지는 그 구슬을 혼자 독차지할 욕심이 났다. 그는 몽둥이를 들고 섰다고 마침 술을 사 가지고 신당으로 들어서는 동무를 때려죽이고 사 온 술을 따라 마셨다. 그런데 술을 사러 갔던 거지도 그 구슬을 혼자서 독차지할 욕심이었던지라 술에다가 사약을 탔었다. 그 술을 마신 다른 거지도 결국 죽고 만다.

이는 인간사회라면 어느 곳에서나 일어남 직한 이야기일 것이다. 이러한 탐욕으로는 거센 탁류에 휩쓸려 모두가 패자가 되고 몰락하고 만다. 색동 같은 초봉을 농락한 고태수나 박제호, 장형보 같은 군상은 탁류의 세상을 대표하는 부류들이다. 살아가다 보면 탁류의 군상들을 마주하고 화들

짝 놀라기도 한다. 그런 탁류의 세상은 가고 색동**의 세상
이 도래하기를 고대해본다. 그리하여 새해에는 우리 모두
가 함께 색동옷을 입고 덩실덩실 춤출 수 있기를.(『월간에세
이』, 2017년 1월호)

---

*   채만식, 『탁류』, 문학과지성사, 2014, 8쪽.
** 일반적으로 색동옷으로 상징되는 색동은 '음양의 조화'나 '오복(五福)의 구비'
　　를 달성하고자 하는 인간의 염원이 담겨 있다.

마음속의 해와 달

조선 후기에는 임진왜란과 병자호란을 겪은 후유증이 지속되었고, 사람들 사이에서는 길지와 은둔지, 무릉도원에 대한 갈망이 컸다. 이는 '코로나 펜데믹'으로 절절하게 체감한 바 있다. 조선 후기를 유린한 전란의 고통이 민중들에게 뼛속 깊었음은 『청구야담(靑邱野談)』의 글들에서도 확인할 수 있다. 『청구야담』에는 전란으로 인한 신분 질서의 동요와 가치관의 변화가 극심했던 18, 19세기를 배경으로 다양한 삶의 이야기를 집약하고 있다.

세상이 혼란스럽고 삶이 가혹하면 할수록 이상향에 대한 갈망은 클 것이다. 예나 지금이나 인간의 가장 깊고 오래된 소망 중의 하나는 도연명이 이상향으로 그린 무릉도원에서 살고 싶은 것이 아닐까. 『청구야담』에는 무릉도원을 찾은 권 진사 이야기가 있다. 춘천 시장에서 소를 탄 사람이 권 진사를 모셔가기를 청한다. 80리를 와서 고개를 넘어 내려가자 큰 마을이 두 산 사이의 오목한 곳을 온전히 다 차지하고 있었다. 닭과 개소리, 다듬잇방망이 소리가 사방에서 들려왔다. 집에 들어서니 방과 창이 정교하고 깨끗했고, 용마루와 처마가 앞이 탁 트여 널찍했다. 산중 협곡에 사는 백성들이 거처하는 곳 같지 않았다. 다음날 문을 열고 두루 살펴보니 인가는 200여 호 되는 것 같았고 앞에 평야가 끝없이 펼쳐져 있었다. 또 밤마다 책 읽는 소리가 들렸다. 물어보니 마을의 젊은이들이 낮에는 밭을 갈고 저녁에는 책을 읽는데 반드시 이곳에 모여 공부한다고 했다.

　권 진사는 가솔들을 거느리고 다시 오겠다면서 집으로 돌아왔다. 하지만 권 진사는 산을 나온 이후 매양 탄식만 할 뿐 다시는 돌아가지 못했다. "내 평생에 진짜 무릉도원에 들어간 적이 있었는데 그만 속세 일을 완전히 벗어버리지 못한 까닭에 집안사람들을 데리고 그곳에 가지 못하였구나!"*

『청구야담』의 무릉도원 이야기는 삭막한 현실에서 잠시 질곡의 삶을 잊고 시간여행을 떠나볼 수 있게 한 감초가 되어 주었을 것이다.

　『청구야담』에는 '설생의 별천지 유람'이라는 이야기도 있다. 이 또한 무릉도원에 대한 욕망이 담겨 있는데 마을 입구에는 회룡굴이 있다. 설생과 오윤겸은 어릴 적 친구다. 오윤겸은 영랑호에서 설생을 만난다. 설생은 그가 살고 있는 회룡굴이라는 곳으로 친구를 데려간다. 험악한 산길을 몇 리 지나니 푸른 절벽이 우뚝 서 있는데 마치 깎은 듯해 그 기이하고 웅장한 형세가 눈을 휘둥그레하게 했다. 중간이 석문처럼 갈라져 있는데 석문 곁이 곧 회룡굴이었다. 몸을 거꾸로 매달려 구부리고 들어가니 별천지가 전개되었다. 땅은 몹시 넓고 평탄했으며 토질이 기름져 있었고 그곳에 사는 사람들 또한 많았다. 설생은 친구에게 음식을 대접했는데, 모두 맛있는 나물과 기이한 과일로 향과 단맛이 몹시 특이했고, 인삼은 실로 그 크기가 팔뚝만 했다. 가무를 하는 미희들도 십수 명 있었는데 모두 빼어나게 아름다웠다. 오윤겸은 "산수가 청개한 것은 진실로 은자의 처소요, 산중에서 어떻게 이같이 갖추어 놓았소?"라고 탄성을 질렀다. 집으로 돌아온 오윤겸은 수년이 흐른 후 휴가를 내 고개를 넘어 회룡굴을 찾아갔으나 그곳은 이미 빈터가 되어 있었다.

'동천복지(洞天福地)'는 도교에서 신선들의 이상향을 표현할 때 쓰는 말이다. 동천은 동굴 속에 있는 별천지이고, 복지란 천재지변이나 인간의 재앙이 닿지 않는 이상향이라는 뜻이다. 회룡굴은 동천복지의 이상향을 그리고 있다.

영국의 작가 제임스 힐턴이 쓴 『잃어버린 지평선(Lost Horizon)』(1933)은 샹그릴라를 무대로 한다. 히말라야산맥 어딘가에 깊숙이 자리하고 있다는 샹그릴라는 공중에 떠 있는 것처럼 '푸른 달 골짜기' 저 높은 곳에 있는 낙원으로 티베트어로 '마음속의 해와 달'이라는 뜻이다. 소설 속 무대인 샹그릴라는 이상향의 의미로 영어사전에까지 등재되어 있다.

은평한옥마을에 깃들어 살고 있는 필자는 『청구야담』의 설생이 사는 회룡굴을 읽고 난 후부터 하나고등학교 부근의 생태터널을 지나 집으로 돌아올 때면 문득 어떤 착각에 빠지곤 한다. 이 터널이 어쩌면 회룡굴로 들어서는 입구가 아닐까, 하고 말이다.

인간의 집에 대한 욕망은 본능적이고 근원적이다. 주말이면 서울 도심에서 벗어난 한적한 외딴 마을인 은평한옥마을엔 탐방객들로 북적인다. 더러는 마음 한편에 부푼 욕망을 품고 가는 이도 있을 것 같다. 나 또한 결혼 초기 북촌을 찾았다가 그런 욕망에 설렌 적이 있었으니 말이다. 이상향은 평화와 안식의 열망이 만들어낸 '마음의 본향'이지 어떤 특정한 곳에 존재하는 공간이 아니다. 깃들어 사는 곳에서 '마음속의 해와 달'을 품고 살아간다면 그곳이 바로 이상적인 처소가 아닐지.(『PEN문학』, 2022년 7·8월호)

* 이월영, 자귀선 역, 『청구야담』, 한국문화사, 1995, 309쪽.

내면의 풍경으로 보여주는 토포필리아의 수필들

최효찬 수필집 『마흔, 아버지의 마음이 되는 시간』 상재에 부쳐

최원현

(수필가·문학평론가·한국수필창작문예원장·한국수필가협회 제7대 이사장)

1. 최효찬, 수필과의 인연

여느 문학이건 감동이 있어야만 문학다운 것이겠지만 수필은 체험적 삶의 문학이란 명제를 달고 있기에 더더욱 감동이 없으면 전혀 문학적 맛을 느낄 수가 없다. 그 체험적이란 것도 나만의 특별한 것, 나에게만 있을 수 있는 것일 때 비로소 진가가 더 나타나는 것이어서 그렇지 못한 경우에는 자칫하면 식상한 얘기가 되어버릴 수 있는 것이 수필이다. 그러나 같은 음식 재료로도 어떤 이는 특별한 손맛을 내는 것처럼 타고난 손맛은 그야말로 천복(天福)이 될 수 있다.

그런 의미에서 최효찬에게서 나타나는 손맛의 글맛은 그만의 맛에서 멋까지 가미된 글쓰기라 할 수 있다.

최효찬은 50년 역사와 전통의 수필문학 전문지 월간『한국수필』2015년 12월호에 「마흔, 아버지의 마음이 되는 시간」과 「트렌치코트를 입으며」로 신인상을 받으며 등단을 했다. 어쩌면 등단이라는 말이 무의미할 만큼 이미 최효찬은 여러 권의 저작이 대한민국학술원 우수학술도서, 문화체육관광부 우수교양도서에 선정된 바 있는 저자로 알려져 있으며, 연세대 강사를 지내기도 했다. 일찍부터 경향신문 기자, CEO 강사, 자녀경영연구소 대표뿐 아니라 인문학 칼럼니스트로도 활동했다. 이런 그의 화려한 경력과 박학다식함은 모든 글쓰기에서도 전후좌우 능력을 발휘한다. 그런 그가 최근에 또 아르코문학창작기금 수혜자가 되어 등단 9년차에 본격 수필집을 낸다.

그와 나는 『한국수필』로 인연을 맺어 내가『한국수필』발행인일 때『집은 그리움이다』(인물과사상사, 2018)란 책을 읽게 되었는데, 그가 펼쳐낸 '인문학자와 한옥 건축가의 살고 싶은 집 이야기'란 부제가 붙은 그 책을 읽고, '집'을 인문학적으로 접근해 보는 글쓰기를 권하게 되었다. 해서 월간 『한국수필』에 1년여 연재케 했는데 독자들로부터도 좋은 반응을 얻었을 뿐 아니라 새로운 수필의 방향을 제시하는 좋은 기회도 되었다.

그는 지금 은평에서 아내와 자신의 이름에서 한 자씩 딴 이름의 채효당이란 한옥을 손수 지어 살고 있다. 그러기까지 그는 무려 32회의 이사 경력을 가졌다. 그는 고향 합천을 떠난 후 경남 진주에서 자취로 고등학생 시절을 보냈고, 서울로 올라온 후에는 개화동과 등촌동의 자취를 거쳐 그가 다니던 연세대학교와 가까운 창천동과 연희동에서도 자취를, 창천동과 대신동에선 하숙을, 대학 졸업 후에도 대신동 월세방에서 살았다. 결혼 후 신혼 시절엔 고양시 화정동의 아파트에 살다 고양시 일산에 생애 첫 집으로 빌라를 샀고, 서울 강서구 가양동의 아파트와 일산의 아파트, 서울 홍은동과 은평구의 아파트를 거쳐 드디어 은평 한옥마을에 채효당을 짓기까지 40년이라는 세월 동안 무려 서른두 번이나 집을 옮겨 다녔다고 한다. 그렇게 오랜 여러 번의 이사 후 서른세 번째에 비로소 자신이 지은 채효당의 주인이 되었으니 최효찬에게 집은 누구보다도 정주(定住)의 의미로 와

닿았을 것이다.

평생 집을 업고 다녀야 하는 달팽이처럼 인간 또한 집을 떠나 삶을 살 수는 없다. 그걸 알기에 나는 그런 수많은 과정을 거친 자의 집에 대한 생각이 문학으로는 어떻게 스며 나올까가 궁금했던 것이고 최효찬 정도면 우리가 예상하는 이상의 그 무언가를 펼쳐내어 줄 수 있을 거란 기대가 있었던 것이다.

이 책의 제2부 '우리 모두는 집으로 돌아가는 중이다'가 바로 그 연재물이다. 그는 「우리 모두는 '본가'로 돌아가는 중이다」, 「오래된 민가의 향기」, 「외가 가는 길, 유년의 뜰을 서성이며」, 「처가에 살으리랏다」, 「선비들의 '서재의 시간'」, 「'율리(栗里)'의 집을 찾아서」, 「옛 건축학개론」, 「잃어버린 안방 혹은 사랑방의 안부」, 「우리는 모두 '몽상의 집'에 살고 있다」, 「집은 떠남과 돌아옴의 간이역이다」 등 열 편 속에 다양한 그의 생각들을 펼쳐내 주었다.

2. 집, 서정의 논리화

최효찬의 글들은 여성스러울 만큼 지극히 섬세하고 다감하면서 정밀하다. 선택한 단어 하나하나에 이르기까지 정교한 한옥을 짓듯 제대로의 쓰임을 찾아낸다. 그래서 문장마다 신기할 만큼 운율이 느껴지고 사용된 언어들은 저마다의 무늬로 빛을 낸다. 그래서 서정이 논리화된다. 그런 그에게 '집'은 뭘까. 그는 머리말에서 "어쩌면 우리는 모두 집으로 돌아가고 있는 길 위에 있다"라고 했다. 그가 생각하는 집과 길은 과연 어떤 것일까.

이 수필집에는 3부로 나뉘어 총 31편의 수필이 실려 있다. 한데 우리가 이미 경험했고 생각하는 유의 수필에서 진일보한 최효찬만의 수필이다. 그의 독서력이 바탕이 되어 주고 다양한 그의 경력들에서 마주한 순간들이 건네준 영감들이 햇빛과 바람과 비가 합세하여 열매를 익게 하듯 그가 빚어낸 문장들은 읽고만 있어도 무언가 채워지는 것 같은 지적 배부름을 느끼게 해 준다. 그냥 지나온 이야기인데도 그 이야기 속에 그만의 인문학적 슴슴한 맛이 스며들어 있다는 것이다.

그는 집을 사람이 사는 곳이기에 삶 자체로 본다. 영혼의 집이 몸이듯 최효찬에게 집은 어머니, 아버지, 아내, 형제자매, 자녀들이 함께 들어 사는 누에고치 같은 영혼의 몸이다. 집은 크게 둘일 수 있다. 현세(이승)의 집과 내세(저승)의 집인데 삶은 바로 이런 두 집 곧 살아서 늘 돌아가는 집, 죽어서 돌아갈 집의 길 위에 있다고 보는 것이다. 최효찬에게 집은 구조물로서의 공간이 아니라 생명체를 담고 품고 있는 자궁 같은 존재다. 생명이 살게 하는 집으로만이 아니라 생명을 위해서는 없어서는 안 되는 생명의 껍질인 생명체 자체로서의 집인 것이다.

집은 시간과 공간을 분리하지 않는다. 공간 속의 시간, 시간 속의 공간으로 본다. 그 속에서 나를 찾고 나를 본다. 그 속의 내가 비로소 과거의 나로도, 현재의 나로도 존재한다.

소설 도쿄타워에서 진학을 위해 집을 떠나는 소년에게 엄마가 싸준 도시락처럼 말이다. 기차에서 식은 도시락을 먹으면서 소년은 훌쩍인다. 철이 들기 시작하는 것이다.(「식은 도시락」)

왜 소년이 훌쩍였을까. 식은 도시락을 통해 비로소 집을 떠났다는 것, 지금 내가 집을 떠나 있다는 것을 깨달았기 때문이다. 집이란 나를 보호해 주는 모든 것이 있는 곳인데 그곳을 벗어나자 건물로가 아니라 나를 보호해 주던 모든 것이 함께 떠나버리고 나만 남게 된 사실의 인지인 것이다. 집은 부모 형제, 먹을 것 입을 것 쓸 것, 하고 싶은 것을 하고 하기 싫은 것은 안 하는 것까지도 할 수 있는 모든 것의 대명사였던 것이다.

하지만 그런 집이 싫어질 때도 있었다. 함께 하기 싫은 무엇이 함께하고 있을 때의 불편함은 거부감을 넘어 그것이 없어져 버리길 바라는 마음으로까지 발전한다. 그런데 그것조차 그냥 싫어서가 아니라 내 집에 평화가 오게 하고픈 바람에서였다. 이처럼 집은 개인을 넘어 평안(平安)이라는 공동 삶을 기본으로 한다. 집은 그렇게 구성원의 삶이 된다.

동구밖에서 아버지의 목소리가 들리면 (중략) 차라리 아버지가 죽어주었으면 하고 바랐다. 아버지가 없으면 우리 집에 평화가 깃들 것 같았다. 아버지는 내가 고등학교 2학년 여름방학 때 끝내 세상을 떠났다. 우리 집에도 어머니에게도 평화가 찾아왔다.(「아버지의 방」)

아버지라는 존재는 희망적 큰 존재지만 때로는 재앙같이 느껴지는 순간이나 존재가 되기도 한다. 차라리 없었으면 싶은 존재, 하지만 내 힘으론 어찌해 볼 수 없는 존재, 그러다가 거짓말처럼 그게 이루어졌을 때 만나는 더운 날의 한 줄금 소나기 같은 잠깐의 즐거움, 최효찬에게 아버지의 소멸은 한때 그런 순간이었다. 하지만 정작 그가 아버지가 되어보니 달랐다.

집은 돌아오는 곳이다. 여행이 떠났다 돌아오는 것일 때 여행인 것처럼 집이란 나갔다가도 들어오는 곳, 떠났다가도 돌아오는 곳이다. 아무리 즐거운 여행이었어도 돌아오는 길에 저만치 집이 보이면 비로소 알 수 없는 어떤 충만한 안도의 감격 같은 것이 가슴으로 차올라온다. 편안함, 안락함, 모태로의 회귀 같은 편안한 밝음과 맑음을 맛본다.

골목으로 아들이 들어섰다. 아버지는 마음이 환해졌다. 늠름한 군인이 되어 첫 외박을 나온 아들은 집을 한 번 올려다보며 성큼성큼 걸어왔다.(「집으로 가는 길」)

첫 휴가로 집을 찾아오는 아들을 보는 아버지의 마음만큼 아들 또한 집을 한 번 올려다본다. 그 느낌 그 감회가 집이 주는 행복이고 안도감이고 감사다. 왜 그럴까. 최효찬은 아들의 그런 표정을 보며 그가 집에 대해 가진 소망이 더 있음도 발견한다.

아버지는 새집에 살기 시작하면서 최근 읽은 알랭 드 보통의 『행복의 건축』의 한 구절을 떠올렸다. "집은 연애가 시작될 때 관여했으며, 숙제하는 것을 지켜보았으며, 포대기에 푹 싸인 아기가 병원에서 막 도착하는 것을 지켜보았으며, 한밤중에 부엌에서 소곤거리며 나누는 이야기에 깜짝 놀라기도 했다." 아버지는 이 글귀처럼 이 집에서 일어날 행복한 일들이 집안 곳곳에 새겨지고 오래도록 축적되기를 기도하고 소망했다.(「집으로 가는 길」)

최효찬은 아들도 자신이 갖는 소망과 함께하기를 바란다. 그만큼 최효찬에게 집은 삶이 기억되는 저장소다. 역사로

서가 아니라 살아있는 기억들이 봉숭아 꽃씨 터지듯 건들면 톡 튀어나오는 곳으로의 집을 소망한다.

그런데 아들이 어느새 저만의 삶을 찾아 다른 나라로 더 큰 성장을 위해 떠난단다. 축하할 일이고 기뻐할 일이다. 이 것저것 필요한 것들은 무엇이든 다 해주고 싶다. 아들이 가는 길에 해줘야 할 필요한 것 좋은 것이 얼마나 많을까만 그는 집 뜨락 대추나무에 열린 대추가 익어서 따먹고 가지 못하는 것이 못내 아쉽다. 순간 그 마음이 바로 아버지 마음이란 걸 깨닫는다. 고향집 마당의 평상에 누우셨던 아버지를 생각한다. 자식을 키워봐야만 부모를 이해한다는 말이 어쩜 그리 진리일까. 그게 집을 통해 형성되는 정서요 사랑이 아닐까.

> 올해 대추는 아직 채 익지 않았다. 아들은 대추 수확도 못 보고 대추차도 먹어보지 못한 채 또 집을 떠난다. 그 생각을 하자 아버지는 잠시 쓸쓸해진다. 문득 갈 수 없는 고향 집 마당의 평상이 생각났다. 아버지는 아버지를 생각하며 마당의 평상에 누워 하늘을 보았다.(「집으로 가는 길」)

본가(本家)란 말이 참 의미롭다. 모든 것이 많이 변해버린 요즘에 '본가'란 말을 떠올리니 계시지 않는 아버지, 아버지의 아버지, 그 아버지의 아버지까지 줄줄이 생각난다. 본가는 중심이 됨을 말한다. 중심은 기본이기도 하다. 가계(家系)의 중심이고 시간 흐름의 중심이다. 그런데 중심도 기본도 잃고 있는 게 현실이다. 본가는 고향 속에 담겨있기 마련인데 언제부턴가 우린 그 고향부터 잃고 있다.

- 마을마다 마당을 품은 기와집들과 초가들이 어우러져 살아왔다. 마을마다 어디쯤엔가는 집을 떠나간 이들의 집이 한두 집 있었다. 어릴 때 함께 살았던 부모님의 집을 성인이 된 자녀는 '본가(本家)'라고 부른다.

- 아버지가 지은 고향집을 떠올리면 가슴이 애잔해지고 먹먹해진다. 고향집이 더 이상 존재하지 않기 때문이다. 고향집은 1987년 합천댐이 건설되면서 수몰되었다. 고향에 가면 호숫가에 서서 저 건너 어디쯤에 있을 것으로 상상하며 고향집을 떠올려보곤 한다. 아주 가끔 수위가 낮아지면 집으로 가던 '공중다리'(현수교)의 콘크

리트 구조물이며 집터가 다시 수면 위로 드러나곤 한다. 지난가을에는 집터에 갔다.

집 앞 논둑길이며 우물터를 발견했다. 우물가에는 그 오랜 수몰의 시련을 이겨내고 작은 돌이 타원형을 그리며 머물러 있었다. 잃어버렸던 물건을 찾은 것마냥 반가운 마음에 가져왔다. 현재 채효당의 마당 수돗가에 놓아두고 있다.(「우리 모두는 본가로 돌아가는 중이다」)

중국계 미국인 지리학자인 이 푸 투안(Yi-Fu Tuan)은 "집은 오래된 가옥이며 이웃이고 고향이고 조국"이라고까지 했다. 투안의 토포필리아(Topophilia, 場所愛)는 최효찬에게선 체험적(경험적 장소로서의 공간) 사건으로 펼쳐진다. 일어난 일들, 일어날 일들까지 곳곳에 새겨지고 축적되고 기억되는 장소로써 떠올려지고 생각나는 것들을 최효찬은 기억 내면의 풍경으로 작품화한다. 그래서 다시 찾아가 보고 싶게 하고 찾아가게 하고 그래서 거기서 또 남아있는 것을 찾아내어 새로운 기억으로 저장케 한다. 그래서 집은 생명체다. 살아있는 것들이 사는 곳이고, 살았던 것들이 기억되는 곳이고, 살고 있는 것들이 살 곳이기도 하다. 거기서는 사는 냄새가 난다. 살아있던 냄새도 살아있는 냄새도 난다.

> 오래된 민가에는 그 집만의 디테일이 담긴 세월의 향기가
> 묻어 있다. 지금 우리가 살고 있는 집에서는 어떤 향기가
> 날까. 봄날 법흥사 가던 길 폐가의 뒤뜰에 핀 꽃이 왜 이리
> 도 새삼 눈에 밟히는 걸까.(「오래된 민가의 향기」)

기억은 추억이 되어 현재 속에서도 살아있을 때가 많다.
그것들은 현재의 나를 제대로 가게 하는 방향타가 되기도
하고 나아가게 하는 바퀴가 되기도 한다. 폐가의 뒤뜰에 핀
꽃 향기조차 넌 어떤 향기로 살아가고 있니, 하고 묻고 있
다. 이처럼 최효찬의 눈은 삶의 내면을 지긋이 들여다보며
저 안 깊이에서 나를 향해 말하고 있는 것들을 보고 듣는다.

> 친가와 외가는 한 인간을 존재하게 하는 원형적(原型的) 공
> 간이다. 유전적인 형질을 물려받는가 하면 정신과 문화도
> 물려받는다. 어릴 적 눈에 비친 외가며 외할머니에게 들
> 은 이야기는 잊히지 않고 무의식까지 지배하기도 한다.
> 소설가 박경리는 어린 시절 외할머니에게서 들은 이야기

한 토막이 대하소설 『토지』를 잉태시킨 배경이 되었다고
한다.(「외가 가는 길」)

그런데 아! 처갓집을 찾던 젊은 아버지들은, 씨암탉을 잡
던 장모님들은 다 어디로 갔는가.(「처가에 살으리랐다」)

　친가와 외가, 처가, 본가는 최효찬에겐 특별한 공간적 개
념으로 존재한다. 그게 모두 특별한 그리움의 대상이기 때
문이다. 그래서 그는 생각한다.

어린 시절 살던 옛집에서는 지금은 뵐 수 없는 부모님과
조부모님, 때로는 외할머니를 추억함으로써 그것만으로
도 어떤 위안을 얻고 기운을 얻게 된다. 우리가 옛집을 찾
는 이유가 여기에 있다. 집이 허물어졌어도 그 집터를 찾
아 방의 흔적과 기억들을 되살리려 애쓰는 까닭도 여기에
있다. 이를 가스통 바슐라르는 '요나콤플렉스'라고 명명
한다. 어머니의 태반 속에 있을 때 무의식 속에 형성된 이
미지로서, 우리가 어떤 공간에 감싸이듯이 들어 있을 때
안온함과 평화로움을 느낀다는 것이다. 옛집과 옛집의 추

억이 주는 아늑한 보호는 마치 탯줄처럼 이어진 것처럼 느끼게 된다는 것이다.(「우리는 모두 몽상의 집에 살고 있다」)

집이란 요나 콤플렉스(Jonah Complex)처럼 태아적 평안(母胎歸巢本能)을 갈망하거나 기대케 하는 곳이다. 그게 '아늑한 보호'로 위안을 얻고 기운도 얻게 하는데 그래서 옛집을 찾는다는 것이다. 하지만 급격한 변화의 시대가 되면서 새로운 정체성이 대두된다.

현대 건축의 거장인 르코르뷔지에는 '집은 살기 위한 기계(주거 기계)'라고 했다. 지지산방은 어쩌면 이 명제에는 부합하지 않는다. 지지산방은 살기 위한 기계라기보다 나의 정체성을 보증해 줄 수 있는 건축물이다. 요즘에는 코르뷔지에의 주거 기계들이 늘어가고 있다. 반면 기억들이 켜켜이 새겨져 있는 집들은 항변조차 못 하고 역사의 뒤안길로 허물어지고 있다. 농촌에는 마을마다 거대한 집들의 무덤으로 변하고 있다. 그런데 집이 '주거 기계' 그 이상의 무엇이 없다면 그게 진정 집일까. 그런 주거 기계에서 우리는 무엇으로 자신의 정체성을 확인하며 살아가게 될까.(「집은 떠남과 돌아옴의 간이역」)

　물론 집은 주거기계일 수 있다. 하지만 집은 생명체이고 생명체여야만 한다는 것이 최효찬의 생각이다. 편리함만 주는 건축물이라면 그 또한 교통과 여타 환경의 지배를 받을 수밖에 없다. 그 편리함을 좇아 집들의 무덤이 된 농촌이 그 실례다. 어릴 때 살던 집을 헐어버리고 새 건축물로 지어진 집에선 어린 날의 추억도 함께 소멸된다. 소멸되는 것에 대한 안타까움, 집은 생명체가 살고 있을 때만 생명체가 되는데 그런 사는 곳이 아니 되면 무덤일 뿐이다. 이를 어찌해야 한단 말인가. 주거기계에서 탈피하지 못하면 집은 정체성까지 잃게 되고 떠남과 돌아옴을 주관하는 삶의 간이역이 되던 그 본분도 역할도 잃게 되는 것이 아닌가.

3. 최효찬이 추구하는 아드 폰테스(Ad Fontes)

　수필은 개성과 다양성의 문학이다. 개성적이되 글쓴이의 감성적 동선이 공감을 촉발해야 하는 글쓰기다. 한데 최효찬은 이런 문학적 정의보다 철학적 함의가 더 지배적인 느낌이 들게 글을 쓴다. 글이 담고 있는 개념이나 관념보다 글을 다루는 작가의 유연한 글솜씨가 읽을 맛을 나게 하는 글쓰기다. 최효찬의 글들은 글 쓰는 이 자신의 자리와 그 내면의 풍경이 보이는 글들이기 때문이다. 일상 속에서 걸어올린 사상이 곧 우리 삶에서 가장 소중한 것이라면 그것은 사상도 관념도 아닌 아드 폰테스(Ad Fontes)* 곧 '원천으로'의 회귀를 바라고 꿈꾸는 마음이 아닐까.

"어무이가 좋아하는 이미자의 〈섬마을 선생님〉 들려드릴
게요." 어머니는 표정없이 스마트폰 화면을 뚫어져라 쳐
다보신다. 노래가 생소한 듯 별 반응이 없다. 화면에 나오
는 가수가 누구인지도 모르는 표정이다. 다만 아무 말 없

---

* 아드 폰테스(Ad Fontes): 라틴어 '아드(ad)'는 영어로 전치사 'to'이며, '폰테스(fontes)'는 fountains 또는 sources를 뜻한다. 따라서 아드 폰테스는 "근원, 원천, 기본(to an origin, sources, basics)"으로 번역되는데 서구의 총체적 위기 시대에 새로운 시대의 도래가 필요한 상황에서 네덜란드의 에라스뮈스(Desiderius Erasmus, 1466~1536) 중심의 인문주의자들은 새로운 역사는 '일이 진행된 중간에서(in medias res)'가 아니라 '처음부터(ab initio)' 시작되어야 한다며, 아드 폰테스를 외쳤다고 한다.
https://cafe.daum.net/AFFECTION/60yi/1625?q=%EC%95%84%EB%93%9C%20%ED%8F%B0%ED%85%8C%EC%8A%A4&re=1

이 화면 속을 응시할 뿐이다. 요양병원에 계신 어머니는 예전의 엄마가 아니다.(「나훈아 콘서트」)

예전의 엄마는 어떤 엄마였을까. 그럼 지금의 엄마는 어떻다는 것인가. 예전의 엄마는 예전의 엄마대로, 지금의 엄마는 지금의 엄마대로 있는 것이 맞지 않을까. 그런데 작가는 예전의 엄마가 아니라는 것에 슬퍼하고 안타까워한다. 무엇이 예전이고 원래대로일까.

유일한 오락인 주현미의 노래를 듣는 것마저 잃어버린 엄마, 어린 자녀를 더 좋은 유치원에 보내려 발품을 팔고 입소 대가를 치르는 요즘 젊은 엄마들과 부모님이 나훈아 티케팅을 위해 자녀들의 디지털 케어를 받는 요즘 세상의 늙은 엄마들 사이엔 무엇이 있는 것일까. 최효찬은 왜 그걸 그리도 안타까워하는 것일까. 그것이 최효찬과 한 시대를 사는 공통적 안타까움일까. 정작 무엇을 잃어버린 것일까. 무엇으로 돌아가길 바라는 것일까.

그는 집을 떠나 요양병원에 11년째 누워계신 어머니를 생각한다. 그러면서 어머니가 나를 위해 했던 것처럼 이젠 내가 나훈아 티케팅을 위해 내가 못 하면 어떤 도움이라도 받아서 티케팅을 해드리고 싶은데 그것조차 받을 수 없는 어머니가 원망스럽고 안타깝다. 나도 저 자식들의 대열에 끼어 어머니를 기다리고 있다면 얼마나 좋을까 안타까워하는, 열여덟에 시집와서 오 남매를 낳아 키운 어머니가 아닌가. 그런데 1년 후 그런 어머니마저 작가 곁을 떠났다. 그런데 생각해 보니 병석의 그 시간마저도 감사하단다. 사실 최효찬에게는 엄마가 계신 곳이어야만 집이다. 해서 요양병원에서 자식도 못 만나고 12년째 누워만 계시던 어머니지만 그 시간조차도 광명의 시간으로 살아있는 의미의 시간이었다는 것을 깨닫는다. 하지만 돌아가셔서도 어머니는 최효찬의 시간 속에서는 항상 주인공이셨다. 자식도 못 알아보았던 그 순간까지도 말이다, 그것은 최효찬의 마음이 아니라 어머니의 마음이었던 것이다. 어머니를 그리워하는 마음, 어머니를 사랑하는 마음, 내 삶에 여전히 주인공이 되시는 어머니는 내가 아닌 절대적인 그냥 내리사랑의 원천이며 그것 또한 어머니의 아들을 향한 본향으로 아드 폰테스의 마음이 아니고 무엇이겠는가.

「트렌치코트를 입으며」는 2015년 『한국수필』 신인상 당선작 중 한 편이다. 의복의 날개, 옷이 주는 야릇한 만족감 혹은 해방감. 아이의 입학식, 상견례 때 입은 카키색 정장, 강연 때 즐겨 입던 감청색 양복.

> 지난날의 옷들에는 마치 첫사랑처럼 아련한 기억들이 깃들어 있다. 특히 이십 대 초반에 입었던 반코트는 무명의 디자이너가 만든 옷이었을 테지만 넉넉함으로 내 몸을 감싸주었다. 오늘 꺼내 입은 트렌치코트는 그 반코트만큼 내 만추의 날들을 함께 할 것 같다. 옷이 주는 야릇한 만족감 혹은 해방감이라고 할까. 나는 이 트렌치코트를 입고서 내 중년의 날들을 환송(歡送)하고 싶다.(「트렌치코트를 입으며」)

지난 것을 통해 현재를 보고 미래를 보는 것이 우리 삶이다. 지나놓고 보면 내가 선택하지 않았던 그것이 옳았을 때가 많다. 해서 후회한다. 하지만 되돌릴 수는 없다. 모든 것은 나의 선택이었다. 운명적 선택이기보다는 다 내가 이성적으로 택한 것들이다. 그렇다면 미래 또한 나의 선택일 것이다. 하니 모든 결과들을 감사하며 받아들이는 것 또한 내 선택에 대한 존중이고 예의일 것이다.

「마흔, 아버지의 마음이 되는 시간」은 표제작이면서 『한국수필』 신인상 당선작이다.

- 마흔을 넘기면서 언제부터인가 예고 없이 불쑥불쑥 아버지가 생각나곤 한다. 아침 산책길에서도 순간순간 생전 아버지의 모습이 떠오르기도 한다. 아버지와 연세가 같은 분을 보면, '아버지도 저런 모습일 테지⋯⋯.' 하고 상상한다. 그럴 때면 나도 몰래 코끝이 찡해 온다. 아버지는 이른 아침에 농사일을 나설 때 풋고추를 넣은 라면을 즐겨 드셨다. 어린 시절 잠결에 이 광경을 보곤 했다. 내가 풋고추를 곁들인 라면을 즐겨 먹는 것도 이 때문이다.

- 그러고 보면 나 또한 그랬던 것 같다. 정확하지는 않지만 나는 마흔 이전까지는 아버지에 대해 별생각을 하지 않았다. 물론 사는 데 바빴던 탓도 있었을 테지만 말이다. 아버지는 내가 고2 여름방학 때 돌아가셨다. 벌써 아버지가 세상을 떠나신 지 35년이 흘렀다. 아버지와

함께 살았던 날들이 마치 신기루처럼 느껴질 때가 있다.

- 그때 아버지가 이런 말을 하셨다. "네가 장가갈 때까지 살아 있어야 할 텐데……." 아버지는 약속을 지키지 못하셨다. 장맛비가 쏟아지던 여름날, 아버지는 마흔일곱 살에 돌아가셨다.

- 때로 부모가 자식에게 상처를 주기도 하고, 자식이 부모에게 상처를 주기도 한다. '상처 없는 영혼은 없다'라는 말이 있듯이 상처 없는 가족은 없을 것이다. 그 상처는 가족이라는 울타리를 위협하기도 한다. 하지만 결국은 서로에 대한 측은지심으로 치유되기도 한다. 병상의 어머니는 건강한 모습의 아버지를 꿈에서 만나셨다면서 기분이 참 좋았다고 하셨다. "어머니, 그럼 나중에 아버지와 합장해 드릴까요?"

펄쩍 뛰실 줄 알았는데 빙그레 웃으신다.(「마흔, 아버지의 마음이 되는 시간」)

아버지의 마음은 어떤 것인가. 마흔은 불혹(不惑)의 나이다. 마흔의 아버지 마음은 비로소 제대로 내다보고 바라볼 줄도 아는 나이요 해서 책임도 지는 나이다. 책임은 혼자만의 것이 아니라 내가 속한 전체를 책임지는 것이다. 그런 아버지의 나이에 이른 내가 느낀 아버지의 마음을 작가는 마흔에 찾는다.

스토리가 아닌 서사는 이야기가 흐르게 한다. 어느 때는 아버지가 없어져 버렸으면 좋겠다고 생각했다.(「아버지의 방」) 그러면 집안의 평화도 올 것 같았다. 그런데 마흔이 되어 보니 비로소 아버지의 마음을 알 것 같다. 그러니 어머니도 아버지를 미워하거나 싫어한 것이 아니었다. 합장(合葬), 죽어서도 같이하고 싶은 것이 어머니의 아버지에 대한 마음이었다. 35년이 흐른 지금 최효찬의 마음도 비로소 아버지가 이해되고 받아들여진다.

4. 최효찬이 정작 그리고 싶은 것들

최효찬 수필집의 1부와 2부가 집 또는 집과 연관된 글들이라 보면 제3부는 사랑 이야기다. 제3부 '사랑, 야누스'는

『월간에세이』(2016년 6월부터 12월까지)에 연재한 글들로 주로 사랑의 두 얼굴을 그리고 있다. 그러고 보면 최효찬의 모든 글 속엔 사랑이 전제된다. 사랑이 사는 곳, 사랑이 일어나는 곳, 사랑을 이루는 곳이 어디인가를 생각한다.

딸바보 고리오와 사랑의 두 얼굴, 춘원의 소설 『무정』과 춘원을 놓고 본 우리는 모두 이형식이다. 일리아스와 오디세이아를 통해 본 집 떠난 남자의 사랑과 불안, 스크루지의 아름다운 변신, 채만식의 『탁류』속 얘기 색동을 기다리며, 『청구야담』을 통해 본 마음속의 해와 달까지 최효찬이 말하고 싶은 것도 사랑이다. 그런 면에서 사랑과 집은 함께 본능적이고 근원적이다. 그는 "본가가 그리운 것은 그곳이 아버지 어머니와 함께 살던 집이기 때문일 것이다. 부모님의 기쁨과 한숨이 깃들어 있기 때문일 것이다. 자식의 탄생을 축복하고 잘 자라기를 염원하던 곳이기 때문일 것이다.(「우리 모두는 '본가'로 돌아가는 중이다」 중)"라고 했다. 그래서 우리 모두는 사랑을 찾아 본가로 돌아가는 중이라는 것이다. 해서 모두가 떠나 가버린 빈집이 되어서도 떠난 그들이 그 집을 기억하기를 소망하며 그 빈집에서도 꽃이 핀다고 했다.

최효찬은 남자의 권위와 상징을 사랑방으로 말한다. 다

산 정약용의 여유당, 경주의 최부잣집, 명재 고택 등의 사랑방은 곧 남자들의 전유 공간으로 남자들의 방이며 남자의 정체성을 지켜주는 상징으로 보았다. 그런데 그런 사랑방이 없어지면서 남자 곧 아버지의 권위도 사라지고 만다. 또 하나 자신의 유년에 찾아가던 외가 가던 길에서 그가 느꼈던 것은 외가란 누구에게나 문학의 배경 혹은 삶의 원동력이 되어주던 공간이었고 누군가에게는 가문을 잉태하는 공간이었다고 말한다. 사랑방, 외가 그리고 또 하나 옛 선비들의 서재 이 모두가 다 이젠 그리움의 처소가 되어버렸다. 최효찬은 이 모든 잃어져 가는 것들을 하나로 집결시켜 그리움과 희망으로 모은 자신이 지은 채효당 같은 집이 요즘 세상에도 많이 세워지길 바란다. 그가 채효당에 담고 싶은 것은 바로 이런 유년의 외갓집, 사랑방과 서재, 친가 외가 처가 본가의 이미지가 다 담긴 그런 정주 공간으로의 집, 어머니가 계시고 아버지가 사셨던 집, 내가 살고 내 아이들이 살아갈 집으로 가정 가족 사랑이 살아나는 그런 생명의 공간을 집을 통해 그려내고 담아내고 싶은 것이다.

미국 작가 리캐럴의 우화소설 「집으로 가는 길」에서 "집은 우리 모두가 맨 처음 떠나온 바로 그곳이자 끝내 돌아갈 곳으로 그려"지는 것처럼 1987년 합천댐에 수몰된 최효찬의 본가를 새로운 정주 공간으로 살려내서 존속게 하는 꿈을 그가 여전히 아프게 꾸고 있는 것처럼 이 시대를 사는 우리에게도 그 꿈을 함께 이뤄보자고 하는 것이 아닐까 싶다.

최효찬은 그렇게 내면의 풍경을 통해 자신의 토포필리아를 완성해 가면서 우리의 모든 부모님들이 지켜오신 것들을 존중하며 아드 폰테스를 추구한 것이 아닌가 싶다. 어쨌건 최효찬은 이 시대에 살면서도 사라지고 스러진 것들을 재현해 내고 창출해 내며 보존하고픈 강렬한 본능적 근원적 문학적 도전자다. 이 책『마흔, 아버지의 마음이 되는 시간』이 그 증거다.